Shou Minami
みなみ 翔

71歳、いまだ
猪突猛進

文芸社

まえがき

私の趣味の一つとして読書がある。現在も年に数十冊は読む。小さいころから本は好きだった。中でも歴史の本、特に伝記物語、偉人物語は夢中で読んだ。

現在はもっぱら啓発書が多い。講師として活動するようになってからは、健康に関する書籍が大部分だ。不思議なことに小説はほとんど読まない。私自身は歳に似合わず、架空の出来事や妄想、空想にふけることはしばしばだが、元来性格は超現実主義であり、今が一番、今が良ければという浅はかな人間である。そんなことで、小説よりはノンフィクションのほうに興味関心がある。加えて小説、物語はおしなべて文章が長い。飽きやすく忍耐力に欠ける私には最後まで読むのが苦痛であり、短い文章のほうが性に合っている。

さて、人生も古希を過ぎ自分自身を振り返ることもある。そして何か自分という存在を著したものを残したいという思いが強くなってきた。最も手っ取り早いものとして、今まで生きてきた過程や証しを綴る、いわゆる自分史なら私にも書けるのではないかと考えた。自分史を書くには今が格好の年齢かもしれない。しかし待てよ、今自分史を書くことによりもう残り少ない人生とは考えたくない、何か自分の人生に終止符を打つような気がして今一つ抵抗がある。そこでその時代での生活や考え等を書いたエッセイが何編かあるのに気づいた。それもリタイア後に書いたものが大部分である。そして再びそれらを読み返した。そんな中で、その時々の生き様、思いを如実に書き留めた何編かを集約して一冊の本にしたいと考えた。本にすることで、欲を言えば、私と同世代の人で、私のような生き方に共鳴する者、いや、あざ笑う者が果たしてどの位いるかを問いたいという気持ちが募る。多くの人々の目に触れてもらいたいと言う気持ちでいっぱいだ。そして願わくば、リタイア後の人々にこの拙い作品を読んでほしい。そうして私の生き方を少しでも参考に、また気晴らし気休めにしていただければ非常に嬉しい。と、同時に読者の方のこれからの生きがいを追求するきっかけの一つになればこの上ない喜びである。

本書の出版にご尽力いただいた文芸社編集部の宮田敦是氏に心より感謝いたします。

もくじ

私という人物

古希の日々

私の好きなこと

リタイア後の挑戦

日々の雑感

私という人物

パチパチおじさん

いつのころからか、何とも奇妙な癖がついてしまった。恥ずかしさと同時に、人に公言することには大いにためらいがあったが、ひょっとすると私と同じような癖を持つ者が他にもいるかもしれない、というかすかな望みをこめて話すことを決意した。

その癖とは、何のとりとめもない平凡なもので「手をたたく」ことだ。両手を広げて勢いよく胸の前で手を打つ、つまり拍手をすることだ。自画自賛となるがその音の響きが素晴らしい。ちょうど、空気が両手の間に程よく入り、打つと同時に、あたかも楽器を奏でるがごとく、澄んだしかも味のある快い音が出るのだ。そして、その音が両手から飛び出し、山びこと化してしばらくこだまする。この音の存在に気づいたのは、冒頭にも述べたように定かではないが、たぶん十数年前であろうか、ある著名な人の講演会に出席したときである。誰もが感銘した講演が終了、会場は一瞬拍手に包まれた。私も興奮の面持ちで、両手を夢中で何度もたたいた。そのときである、広いかつ音響効果のすぐれたその会場に、ひときわ、私の拍手が鳴り響いた。その、澄んだ張りのある音に自分自身が驚いたと同時に、私の席の両隣、いや周りの人たちが一斉に私のほうに目を向け、さも不思議そうな顔で私を凝視した。そのとき初めて自分の拍手に人を惹きつける何かがあることを感じた。そのことがきっかけで、その後参加したイベント等でも、故意に周囲の人の関心を試したいという、何か自分でも理解に苦しむ妙な気持ちに駆られてよりいっそう強く拍手をした。一介の大人が優越感を持つほどの事象でないと思いながらも私の出す音が他人の関心を呼び、私に向ける羨望のまなざしに気分が一段と高揚するのだ。冷静に考えると、あの周囲の人のまなざしは、いい歳してそんなに大きな音を出さなくてもいいのに、まったく変なやつだと言う不快感を抱いた視線かもしれない。いまだに、両方の思いが私の胸をよぎっている。

話は変わるが私の朝の日課として、目覚まし代わりにする三十分ほどの散歩がある。起きるのが遅いので、近所の小学生が登校する時間帯と重なる。色とりどりの服装に身を包んだ小学生の集団はあどけなさでいっぱいだ。するとどうしたことか、私は、挨拶代わりとして、いや、その幼い集団を少し驚かしたい、そして私のほうに関心を向けたいと言う衝動に駆られて、あの得意技を子どもたちに向けて披露した。果たして、予想にたがわず、子どもたちは一斉に私のほうを振り返り、「すげーでかい音だ」とか「おじさん、何でそんないい音出るの？」挙句の果てに「教えてよ、おじさん」と言いながら私の周りに集まってくる。「今度教えるよ、遅刻するといけないから、さあ、早く学校へ行こう」と登校を促す。

子どもたちは再び隊を組んで歩き始めた。が、一瞬、面白い光景を目のあたりにし、私は驚いた。それは、子どもたちが皆、小さな手をいっしょうけんめい打ちながら歩き出したことだ。手をたたくたびに背中のランドセルがこきざみに揺れているのが印象的だった。

家へ帰るなり、妻に先程の子どもたちとの出来事を自慢げに話した。すると、意に反して、妻は即、「やめなさい、それでなくても、変な大人、変なおじさんということで先生やお父さん、お母さんに話すと思うよ」また「今に学校から要注意人物として、リストアップされるわよ」と一気にのたまう。せっかく子どもたちとの温かいつながりを持てたと言うことで機嫌よくしていた私は、一瞬にして冷や汗の出る思いとなった。しかし、振返ると、さまざまな子どもたちへの犯罪が日々報道される昨今のこと、妻の忠告も納得できるものだった。

後日、再び子どもたちと会った。私は微笑みながら、あえて手をたたくことはしなかった。

子どもたちは私を見つけると一斉に、甲高い声で、「ああ、パチパチおじさんだ！」と言うや否や、パチパチとそれぞれの手をたたき始めた。しばらくして上級生に促されながら列を乱すことなく学校へと去っていった。

そんな子どもたちの後ろ姿をしばし眺めながら、俺もいつの間にか有名人になってしまったなあ。それも、パチパチおじさんという名前までついてしまったかと思う。

しかし心の中は、何とも言いようのない複雑な気持ちだった。

ふと我に返り、いつもの散歩コースに足を運んだ。

私の父

私の父は九十二歳である。現在、老人ホームで生活している。母は八十二歳で亡くなった。二人は、全てにおいて対照的な夫婦であった。例えば食事の好みで見ると、父は肉食一辺倒であり、中でも脂身の部分が何よりも好物である。加えて甘党で、朝から大福餅を二、三個はぺろりとたいらげ、けろっとしている。しかし、糖尿病や、今、話題となっている、中性脂肪値、コレステロール等とはまったく無縁で健康そのものである。今まで腹が痛いとか具合が悪いなどの言葉を一度も聞いたことがない。まさしく、鉄の胃そのものである。胃腸の弱い私は、羨ましさと同時に遺伝しなかったことを恨んだ。一方、母は、魚が好きで、煎餅のたぐいの辛いものに目がなかった。そのような食生活も影響したのか、晩年は高血圧で悩まされた。

また、性格も著しく異なった。父は、頑固な面もあったが、天衣無縫というか、総じて物事にこだわらない。そして、先のことは一切考えない、今が良ければいい、悪く言うと計画性まったくなしという人である。私も計画性に欠けると人からよく言われ、失敗することが多い。嫌なところが似てしまったようだ。逆に母は、事を処するに当たって、常に緻密かつ真剣に取り組む姿勢を持ち、取り越し苦労と思えるほど先のことまで考え、行動するタイプであった。そういう二人であるので、口論が絶えなかったが、興奮しているのはいつも母であり、父は、ここでもケセラセラである。その態度が我慢ならず、また、よりいっそう母の怒りに拍車をかけるのであった。見合い結婚と聞いているが、互いの性格とか価値観等把握することなく一緒になったのだろう。母にとって、父と違う男性と結婚したらずいぶん異なった人生を歩んだであろう。生前に一度、聞こうと思っていたが、その機会を逃した今となっては、知る由もない。

父にまつわるエピソードは、数えれば山ほどある。次に、印象に残るいくつかを紹介したい。

まず、何事に関しても興味関心の度合いは人一倍強い。数年前、父と二人電車で出かけようと駅に向かう途中、いつの間にか真後ろにいるはずの父が見当たらない、周辺を見渡してもいない、焦りながらも、遠くに目をやると、はるか、二、三十メートル後方の空き地のそばで立っている父を見つけた。急いで走っていくと、父は、空き地の一角にある立て看板を食い入るように眺めている。看板には建築主の氏名や、建物の大きさ等が記され

ている。その文字を目で何度も読んでいる。そして、そばにいる私に気づいても、ごめんなさいの言葉もなく、

「うーん、ここへ何が建つのだろうか、マンションかな、レストランかな、それとも病院でも建つのかな、いずれにしても、中途半端な広さだな」と独り言のようにつぶやきながら、その空き地を隅から隅まで眺めている。そんな邪気のない横顔を目の当たりにすると、腹立ちも、自然と消えてしまった。また、電車に乗っても、車内の掲示物を目にすると、座席からさっと立ち上がり、興味ある掲示物の前に近寄り、老眼鏡を親指と人差し指で上下させながら、その記事を懸命に追っている。その姿は、家の中で見る父とは別人で真剣そのものであった。

　また、父は芸能通である。映画や歌に関しては、一端の評論家気取りだ。昔の銀幕スターの名前はもちろん、それぞれの生い立ちやデビューのきっかけ、さらに、ゴシップにいたるまで、ありとあらゆる情報を把握している。特に、女優さんについての話をしだしたら、もう止めようがない。歌は、流行歌、それも、演歌が大好きで、テレビ、ラジオの演歌番組は欠かさず観たり聴いたりしていた。ここでも趣味のまったく異なる母は、歌番組が始まると、さっさと隣の部屋に逃げ出し、読書か、老人には珍しく購読しているＮＨＫ

テキストの英会話練習に余念がなかった。そんな情景を、垣間見るたびに、父と母の共通の話題は、いったい何だろうと考えることがしばしばであった。

さて、歌好きの父の興味が高じてついにテレビに出ることになった。某テレビ局の街角○○○という番組で全国の市町村に出かけては飛び入りで土地の人々の歌声を聞くという趣旨の番組と聞いている。というのも私自身は父が出演したことも含めてその番組についても知らなかった。後から息子や娘、知人から聞き、父が歌ったということを、初めて知った。

狭い町である。町内に住む一老人がテレビに映ったということで、ちょっとした時の人となってしまった。しかし、本人である父から番組に出たことは、私たち家族には一切話がなかった。自慢話などもない。常に、今を楽しみ生きることが全てであり、終わったこと過ぎたことを振り返ることはしない。というより一瞬の出来事は一瞬のこととして忘れてしまう性分である。

人前で歌うことを苦にしない父は、人と話すことにも抵抗はなかった。家の中に閉じこもるのが嫌いで、晴れた日は、愛用の自転車で公園や買い物に出かけた。公園では、必ず誰かがいるベンチを見つけては腰かけ雑談する。女性や女子学生が座っている中にも入っていく。そして、持ち合わせのお菓子を周りの人に配りながらとりとめのない話に花を咲かせる。老人ということで女性にも警戒心を起こさせるようなことはないのだろう。いつも笑いが絶えない。父にとっては楽しくて充実したときとなっていた。

個性の強い父のこと。理解し難い行動は数多くあるが、今以て不可解なことは、父の服装である。元来お洒落である。こざっぱりした服装が印象的だ。背広もサラリーマンにしては多く持っているほうだろう。そんな彼が定年を迎え、家での生活となった。当然、服装もラフな装い、私服となるところだろうが、父は違った。以前の職場と同じ背広を着ているのである。ネクタイをし、胸ポケットには、ハンカチを入れている。一日中その格好である。昼寝のときも、そのまま寝る。そして、起きると、やはり、その背広姿で買い物、散歩に出かける。数年前に老人ホームに入るまでずっと背広を着用していた。

最後のエピソードはやはり食事に関することである。三年ほど前のことだ。亡くなった叔父（父の弟）の四十九日の法要の後、親戚が揃い、料亭で食事をした。父の大好きな肉料理であった。小さなフライパンに乗った生の肉片が個々のテーブルに出された。赤くて厚みのある肉である。備え付けの卓上コンロに火をつけ、焼いて食べるのである。ところが、隣に座った私が他の人と話をしているわずかな間に、父は、目の前にある肉を、待ちきれずに生のままで全て食べてしまった。周りの者が気づいたときは、すでに遅かった。皆から、高齢な父のこと、腹の具合は大丈夫か否かを心配する声が上がった。だが父は、まったく意に介さない表情で、

「この肉は、筋が多いようで、少し硬かったよ」と答えた。

その一言で、どっと笑いが起こった。

父に関するエピソードをあげればキリがない。そんな父もけんか相手の母に先立たれた後は、心なしか元気がなく、テレビを観るだけの日々だった。しかし、しばらくすると、同年配の人と話ができる施設への入所を希望した。それから何軒かの施設を見学し、現在の施設に入ることになった。その施設は、大きく二つの棟があり、一つはケアハウスと呼ばれる建物で、比較的介護の度合いが軽く、概ね身の回りのことが自分でできる者が入居できる施設である。個室が用意され、三食提供、デイサービス、ヘルパー等が利用できるという、老人専用のマンションという感じだ。そして隣接する建物は、特別養護老人ホームと呼ばれて、完全な介護を必要とする施設である。

八十歳半ばを過ぎている父だが、幸い入居資格を満たし、ケアハウスに入ることができた。私としては、個性の強い父のこと、集団生活に順応できるか、他人に迷惑をかけない

か心配したが、杞憂に過ぎなかった。同居者にも恵まれ、好きなカラオケや俳句に夢中になるなど、以前の父に戻った。若返った父を見るのは楽しかった。そんなとき、若返りが度を過ぎたのか、ある日父から相談を受けた。その内容を聞いて、度肝を抜かされた。

施設の老人をお世話してくださる若いヘルパーさんに恋をしてしまったのだ。その人が離婚し独り身であると知って、いっそう、ボルテージが上がった。何とか結婚したいという。呆れ果てたが、真顔で話す父を見ると怒る気持ちにはならなかった。父の一方的な片思いである相手のほうは、職業上、父だけでなく快適な生活ができる様、皆に親切にしてくださるのだよ、等、いろんなことを話し、冷静になるよう説得した。そのことを通して、九十に近い年齢になっても、人を好きになること、異性を意識する気持ちは変わらず持続することを、改めて認識した。

入所して数年間は、第二の青春を謳歌していた父が、二年前の猛暑といわれた夏の朝、脱水症状を呈し、ベッドから起き上がれなくなった。連絡があり、直ぐに駆けつけた。施設に着いたときは、もう回復し、いつも通りの元気な父であったが、施設から、念のために医者に診てもらうようにいわれたので、病院に連れていき、診察してもらった。若い医師の診察で、脳梗塞の疑いありといわれ、入院することになった。元気な父を見ていると、検査等で重大な病気がなければ早く退院できるものと思っていたが、明確な病状の説明がないまま入院が続いた。そして、見舞いに行くたびに衰弱していく父を見るにつけ、たまりかね、再度、医師に相談した。だが相変わらずのあいまいな受け答えに、もはや信用できなくなり転院することにした。新たな病院では、最も心配した脳梗塞はたいしたことがないという診断だった。なぜ、もっと、早く病院を変えなかったかを後悔すると同時に、高齢者には難しいことだが、信頼できる医師、病院を見つけることの大切さを改めて痛感した。父の体力の回復に、しばらく日にちを要したが、退院することとなった。しかし、嬉しさもつかの間、困ったことが起きた。二ヵ月程の寝たきりの生活で足腰が急激に弱ってしまい、歩行が困難な状態になってしまったのだ。必死に歩こうとするが支えがないとダメである。そのため、今までいた、自立を要件とする施設、ケアハウスに戻ることができなくなり、隣接する、介護度の重い現在の施設で生活することになった。

一週間ぶりに訪問した。車椅子の生活にも慣れてきたのか、今は、淡々とした日々を過ごす父に、話しかけた。

「体は、大丈夫だから、もっと長生きしてね」

「長生きしても、もう、そんなに面白いことはないね」

少し、沈黙のときが流れた。

「おやじ、死ぬということは、怖いかい？」

「怖くはないね。若いときは怖かったが、今は、まったくないな」

車椅子となり、かつ、限られた生活を案じるあまり非情な質問をしたことを恥じた。

そして、帰ろうとする私に向かって、

「今度来るときに、アンドーナツと俳句を書く短冊、頼むよ」

と話す、その表情は、昔のままの父であった。

私の母

母が心不全で亡くなったのは数年前だ。急変を知り、部屋に駆けつけた。そこにはいつもの昼寝をしている穏やかな母の顔があった。「母さん」と呼び、頬に触れ、その冷たさにたじろいだ。突然のこと、死を受け入れることがどうしてもできなかった私も棺に入った母を見て、とめどなく涙が溢れ、一時、親族から離れたところで声を上げ思いっきり泣いた。振り返ってみると、母の一生は苦しみの連続だった。大正時代に紀州の田舎に生まれ、向学心に燃え、独学で看護婦、保健婦、助産婦等の資格を取った。戦時中は従軍看護婦として東南アジアの戦地に赴き、戦後は、保健所に勤務しながら一人息子の私を必死に育ててくれた。当時の経済状況や偏見から医者になることが叶わぬ無念を秘め、常に、倒れて後やむ精神力で生き抜いた女性であった。亡くなった日も、朝早く起き神社への参拝。戻ると、欠かすことのなかったＮＨＫのラジオでの英会話学習、日々の生活も戦時中に培った精神力の強さを崩すことはなかった。時々弱音を吐きそうな私には強い姿勢で臨んだ。そんな母に反発し、邪険にしたこともあったが、今思うと私の拠り所はいつも母であった。

積極性、決断力、物事に動じぬ肝っ玉、私にはないものを備えている母が羨ましくも感じた。

　そんな母が時々、何気なくつぶやく「自分を大切にするんだよ」という声が脳裏に焼き付いている。当初は利己主義を促すような言葉と感じ馴染めなかったが、ややもすると投げやりになったり、自分自身を見失ったりしそうなときなど、救ってくれたのはこの言葉だった。ようやく、この言葉に秘められた母の気持ちを垣間見ることができた。そして今も私の中に母は生き続けている。

父の死

早朝、五時。けたたましく鳴り響く電話の音で目が覚めた。そして、一瞬、不吉な思いが胸のあたりをよぎる。その思いは的中した。父の入院するH病院からの電話だった。女性看護師から「〇〇さんの呼吸が止まりました。至急病院へ来てください」ということ。急いで着替える。外はまだ暗く冷たい雨の降る中、車で病院へ向かった。不思議なほど冷静な自分が意外であった。脳裏には父の死を現実に受け入れ難い気持ちと、この数日間ベッドで苦しそうに酸素を懸命に吸う父の苦悶の表情が浮かんでくる。病院へ到着、裏の出入り口を当直の職員さんに開けてもらい、三階の病室に直行した。そこには、ここ何ヵ月かの間で細くなった手を震わせ苦痛におののくあの父の姿と異なり、柔らかに口を閉じた、穏やかに眠っている父がいた。しばらくして、担当医師が父の目（瞳孔）をのぞき、私のほうに向かって、「只今〇時〇分、お亡くなりになりました。一時は良い状態に戻ったかに見えましたが……」と言って一礼する。私も「お世話になりました」と返礼する。それから父の遺体は地下の霊安室に運ばれた。気弱な私にしては不思議なほど動揺がなかった。

かつて心不全で突然亡くなった母のときは、母の遺体を目の前にして、どうしても死を認めることができず親族から離れたところで号泣したが、今回は泣きくずれることはなかった。

肺炎で父が緊急入院したのは四ヵ月前だった。意識も薄れベッドで昏睡する状態が何日か続いた。しかしその後、奇跡的に回復し食事もできるようになった。見舞いに来た私たちとは会話もでき、近いうちに退院できるのではと希望を抱かせた。しかし、予測とは異なり、しばらくして、再び病状が悪化した。担当医から話があると言うことで夜病院へ行く。「残念ですが、お父さんの命は短い、残すところ数日でしょう、今のうち親族を呼び、会っておくように」という医師の話だった。早速、離れた地に住む、私の息子や娘たちに連絡。それぞれの家族が面会にやって来た。驚いたことに娘たちが見舞った折には、父はひ孫等の呼びかけに手をあげて応えたと娘たちも喜んでいた。

医師の予測とは異なりその後一進一退が続いた。そして、医師にもう短いと言われたときから何と三ヵ月も生き続けた。しかし、死の一ヵ月前からは点滴等を打ちながら、息も絶え絶えにもがき苦しむ必死な父の表情を見るたびに、いたたまれない気持ちで病院を後にする日が続いた。そして何よりも、父の持つ生命力と肉体の強さを改めて感じさせられた。そんな状況を見ながら、ただ手を握るだけで、苦痛を除去してやることのできない自分が腹立たしかった。と同時に、考えてはならないことだが、早く楽になってほしい、させたいと言う気持ちが脳裏にかすむ。それは死を意味することとは分かりながら私の心に宿っていた。それ故に、今、息をひきとった父の安らかな顔を見て、悲しみというものがさほど湧いてこなかった。しかし、親戚たちに、いざ死を知らせる途中、何度も言葉がつまり、涙が出てくるのを止めることができなかった。他人は、九十八歳で亡くなった父を、長生きして大往生でしたねと慰めてくれる。確かに長生きしたことは喜ばしいことであるが、果たして父にとって悔いのない人生であっただろうか、生前に聞くこともなく今となっては知る由もない。

私の知る限りでは、父は健康な期間が長かった。それは物事にくよくよしない、父の楽天気質が最大の要因であることは間違いない。また、人を憎んだり、人の悪口を言ったりすることもなく、愚痴というものを聞いたことは一度もなかった。これも父の生来の性格なのか、はたまた生活信条であったのかは分からない。いずれにしても九十八年の生涯を全うした父を誇りに思うとともに、感謝の気持ちの一方で親孝行できなかったことを悔やむ気持ちでいっぱいだ。そして、今、改めて人間の宿命である死を通して今後の自分自身の生き方というものを考えさせられた。

夢日記　1　奇妙な夢（喪中）

平成二十五年二月十二日の夢

過日知人の妻から喪中につき新年の挨拶は失礼させていただきます。という葉書きが届く。何と、彼女の夫（S）が永眠したと言う知らせだった。

亡くなった彼は懇意にしていた同僚で、現役時代はいろいろ助けてもらった人物である。私より数年は若いやつで突然の死に愕然とした。早い時期に線香をあげに行こうと思いながら日にちが経つにつれ、いつの間にかそのことも薄らぎ忘れていた。

それが、腰を抜かすほどの情景に遭遇した。久しぶりに以前の職場の仲間たち、それも主にリタイアした者たちの懇親会に出席。懐かしい話で盛り上がっている最中で、ふと前方に目をやると、先のテーブルの囲みの中に、何とあの亡くなったはずの彼、S君が、以前より少し痩せたが、にこやかな表情で談笑しているではないか？　いやーもうびっくり仰天。自分の目を疑いながら、恐る恐る彼のところに近づいた。目の前にいるのはまぎれもないS君だった。しばし、立ちつくした後、聞きづらかったが、意を決して喪中のはがきの件を聞いた。すると、彼は即座に「あーあれは、妻の間違いでごめん、ごめん」と笑いながら答えた。

こんな重大なことを間違いで済ますことに対する腹立たしさと、訂正のお詫び等のはがきは出したのかどうか聞こうと思ったが呆れ果て馬鹿馬鹿しく思いやめた。

そこで、はっと目が覚めた。どっと疲れが体にまつわり、熟睡とは程遠い朝を迎えた。

またしても嫌な、理解に苦しむ奇妙な夢に悩まされた。

真実はS君はすでに亡くなっており、告別式も出席済みである。まったく変な夢を見た。

2　奇妙な車両　平成二十六年一月八日の夢

所用で大阪に行く。二泊三日の用が終わった。前もって購入した帰りの新幹線（十一時三十分発）に間に合うよう早めにホテルを出る。時間調整のため近くのデパートに寄り、買い物をしたりして時間をつぶす。ふと時計を見ると十一時近くだ。急いで新大阪行きの電車に乗る。隣の席に座った人に聞くと、新大阪までは三十分以上はかかるという。焦った。時刻通りに発車するであろう電車にとても間に合わない。冷や汗が出てきた。いたたまれず、またもや隣の人に何とか早く着く手段がないか聞いてみた。すると男の人はやや笑みを浮かべて私もそういうことがあり、うまくいったことがある、それを教えましょうと言うと次のように話してくれた。「これから停車する二つ目の駅で降りて改札口から南へ三十メートルほど行くと森の中に古い車両が止まっています。そして現在は公には使われていない線路があり、その車両に乗れば十分足らずで新大阪駅の裏まで行きます。うまく乗ることができれば間に合うかもしれないよ。」と。どうせ今のままでは到底間に合わない。うまくいけば儲けものと思い、何とも奇妙な不思議な話をまったく疑うことなくその人に礼を何度も言って、言われた駅で降りた。そして小走りに教えてもらった森を目指した。森の中に入ると、小さな古い車両が目の前に現れた。恐る恐る車両の重い扉を開けると、運転室と応接間のようなこぎれいな部屋があり、中年の男性と娘さんであろうか清楚な感じの美しい女性がおり、丁寧に私を迎えてくれた。そして冷たいおしぼりと飲み物を出してくれた。早速今から二十分ほどで新大阪へ行きたい旨を話すと男性は黙って頷き、すぐに運転室に入り車両を動かしてくれた。私は目の前の女性と短い時間だったがとりとめのない話をした。不思議なことに代金も請求しないので少しのお金を渡し、車両を降りるや否や新大阪駅のホームを目指し一目散に走った。幸い五分ほどの余裕を持って新幹線の車内に入ることができた。

それからまた多忙な日々を過ごしていたが、暇な時間や夜一人になったときに、あのときの出来事を思い出す。あの車両、そして何よりも今まで会ったことのない美しいあの女性の顔やしぐさが鮮明に脳裏に焼き付いて離れない。日が経つにつれて恋しく、もう一度会いたいと言う思いが募る。そして父親であろう男性にもちゃんとお礼がしたいと思いながら月日が経っていた。半年後にようやく休暇の時間が取れ尋ねていった。会いに行く車内では緊張と嬉しさの入り混じった心境で胸の鼓動の高鳴るのを止めることができなかった。

そして一抹の不安と大いなる期待を抱きあの駅に到着、例の森の中へと足を運んだ。

しかし、何と森はどこまでも続いているが、目指すあの古い線路と車両はどこにも見当たらない。目にするのはただ草の生い茂った林のみだった。森の中をどれくらいさまよっただろうか、疲れ果て、失望のまま、森を出た。そして近くの住民に車両のことを聞いた。住民はあたかも私を軽蔑するかのような表情で「あなた、何を言っているんですか、こんな森の中に電車なんか走っているわけないでしょ、もう何十年もここの森は今の森のままですよ」と笑いながら語ってくれた。

私は、鮮やかな緑の森を見つめ、呆然と、幻の車両と、あの女性を想いながら、そこにしばらく立ちつくし動けなかった。

3　奇妙な出会い　平成二十六年三月四日の夢

四十年ぶりに、教員としての最初の赴任地、千葉の〇〇を尋ねた。当時、京成〇〇駅から十分程のところにあるアパートに住んでいた。

駅に着くと、まずその懐かしいアパートを目指した。しかし、当時の面影はまったくなし。あまりの変貌に、うろおぼえの方角を目指し歩く。四、五分歩くと突然目の前に大きな川が現れる。記憶には川なんぞなかったが、方向は間違いないと信じて、立派な木製の橋を渡ろうとした。そのとき橋の手前の空き地に大きなブルドッグ犬が今にも橋に突進しそうな勢いでにらんでいる。

少年時代に他の家の庭で犬に噛まれてから犬は怖いものと脳裏に焼き付き苦手そのものとなってしまった。それも今、目の前にいる犬は、大きくいかにも獰猛なのでおじけづき、進むことは到底無理だ。古希に近い大人として恥ずかしいことこの上ない。おそらく手前のこぎれいな雑貨店が飼い主だと思い、犬を遠ざけてもらおうと中に入る。あいにく店の人はいないようである。奥へと足を進めると、ガラス張りの応接間があった。

中にはシニアと思しき男性が一人ソファに横たわりテレビを見ていた。テレビの音で私の声も聞こえない様子だ。中の様子を見ながらドアを二三回強くたたいた、やっと気づいたのかこちらに顔を向け、起き上がるとテレビのスイッチを切り、おもむろにドアを開けてくれた。男性は留守番で店主はすぐに帰ってくるので少し待っていてくださいと言う。何とも留守番にしては商品に関してわれ関せずというような頼りない人物だ。買い物でなく外にいる犬のことを話そうと思ったが、その前に、熱心にここへきて休んでくださいと下足で出入りできる応接間に招かれた。時間的に何の制約もない私は言葉に甘えてクッションの良いソファに座ることとなった。六十歳をいくつか過ぎたと思われる男性はいつの間にか奥のほうからお茶を注いだ湯呑みをテーブルに置き、まったく他人である私に自分のことを詳しく話し出した。

彼の話によると、この町の外れにある中学校の校長を最後に定年退職、今は電車で一時間ほど離れた町に一人で年金生活を送っていると言う。

最後の勤務校であった中学校、そして、この町に人一倍の愛着を感じ、月に何度も来ては当時を思い出し、元のＰＴＡの役員たちと一杯を酌み交わし懇親を深めていると話す。

私よりいくつか年下の彼の話に我を忘れて聞き入った。そして彼の教員生活の話も、同じ教員だったためか非常に興味深く、聞くことができた。しかし、一つ聞いてはいけないことかと思いながら、現在、一人でいることに疑問を感じ、恐る恐る尋ねてみた。すると、今までの軽やかで楽しい口調が一瞬沈黙となり、その後は静かに、過去を振り返りながら、一言一言噛みしめるように話し出した。

定年退職する十年ほど前に同じく教員をしていた妻がガンで亡くなり、中学生の女の子と大学に入ったばかりの男の子との三人生活となったこと。自らは教頭職で最も多忙、子どものこと家事などはまったくできずに、近くに住む姉の助けを借りながらの生活。そのうち校長となる。新設校だったため、生徒の問題行動等が続出、帰りがいつも遅く子どもたちも外食が多くなり、家庭団らんはまったくなしという状況が続いた。姉も家族があり、手助けにも限度がある。そんな折、先輩の校長から縁談を進められ、某女性と会い、付き合いを始める。相手の女性は離婚経験者で前夫との間に二人の子どもがおり、男性のほうに引き取られているが、子どもたちは後、数年もすると大学等卒業、独り立ちするという。半年ほどの付き合いの末結婚し、当初は子どもたちも懐き、忘れていた家庭生活を取り戻したかに見えていたが、二年ほど経つにつれ、子ども、特に女の子と新しい妻がうまくいかなくなり、結局離婚となってしまう。現在は二人の子どももそれぞれ結婚、出て行ってしまった。彼の再婚には心から賛成ではなく、認めていなかった子どもたちとは、今もうまくいかない状態だと言う。

苦しそうな様子で話す彼のどことなく寂しそうな風情が納得できた。と同時に私の過去とあまりにも類似していることに、驚きと共感を覚え一気に彼に好感を持った。できるならば、何かの縁だと思い、これからも友人として付き合いたい旨を話すと、笑顔で承諾してくれた。嬉しかった。しかし、今一つ疑問なこととして何でこの店で留守番をしているのかということがあった。そのことを聞こうとすると同時に明るい声とともに、ドアがあき、一人の女性が現れた。外での用を済ませ戻ってきたようだ。その中年の女性を見てはっとした。その優しさ、女らしさの満ち溢れた姿は神々しくも見え、ただもう見つめるばかりだった。

ふと我に返り挨拶をした。数年前に旦那が亡くなり、規模を縮めて、一人で細々と店を営んでいるそうだ。また番犬代わりに犬を飼っていると言う。

彼女が帰ってくると、彼の顔は安堵に満ちた笑顔に戻った。先程の苦渋に満ちた顔、寂しさはそこには、まったくなかった。そして、いかにも嬉しそうに彼女の名前を呼び、それに答える彼女も嬉しそうである。私は嫉妬感が募る一方で、堪えきれずに、失礼かなと少しは思いながら、二人の関係を聞いてみた。

察した通り、愛し合っていた。しかし、両者には独立したとはいえ、子どももいるということで、両方の家を周期的に行き来するという。いわゆる事実婚だと話す。

私は、羨ましさと同時に、素晴らしい愛情のありかただと賛同した。さらに驚いたことに、何と彼女は彼の新任当時の中学の教え子であった。中学三年生の彼女から「結婚してください」と書かれたメモが職員室の彼の机に入っていた。そして、あれから、四十年経て、再会したということを聞いてその運命に驚嘆し、感動した。

彼女が出してくれたコーヒーを心ゆくまで味わった。そして二人に是非また会える日を楽しみにして店を出た。店の外のあの怖い犬の顔が心なしか笑っているように見えた。そしてよく見ると、そばの大木に鎖でつながれ、襲ってくる危険性はなかった。橋の中間で後ろを振り返るとあの二人が店の前にまだ立ちながら手を振っていた。私も会釈をし、大きく手を振った。改めて、神が導いた二人の永遠の幸せを心から願った。川から吹いてくる心地よい風に身を任せながら、私は、四十年前のアパートと勤務校であったM中学校を目指した。

遅刻常習癖

リタイアしてから毎晩夢を見る。それも不快な夢が圧倒的に多い。中でも多いのは、遅刻し、焦っている夢が最も多い。外での重要な会議に、遅刻し、即、発言を求められ、頭が真っ白になる、そして、しどろもどろの言動に終始し我を忘れると言うことが、何度か現役時代にあったことが大きな要因であろう。しかも遅刻の原因は、事前に急用が入ったとか会合の時間を間違えたとかではない。私はむしろあらかじめ余裕ある時間を想定し出かけるのが常である。故に時間前に着くか、途中で集合時刻より早く着くことが多い。そこで集合時刻までの時間を近くの喫茶店等で過ごすことにするが、恥ずかしいことに長居してしまい、あわてて会場に駆けつけ、肝心の開始時間に遅れてしまうというパターンである。

私は元来、おっちょこちょいで、せっかちな性格だ。特にじっくりと待つことが何よりも苦手である。打ち合わせ等の時刻より早く着いてしまうと、始まるまでの時間の過ごし方に、不安とやがて焦りを感じいたたまれなくなる、私が最も良い精神状態になるためには会場等へ入るのが、ぎりぎり、あるいは、五分程前に到着するのがベストである。そうすると、会議（内容）にもスムースに入り集中できるのだ。繰り返し言うが、私は待ち時間が嫌なのだ。あの待ち時間を過ごすうちに出てくる雑念や不安感がたまらない。私にとっては、遅刻してパニックになることよりも、早く着き過ぎて時間をもてあまし、いらいらすることのほうが心身にこたえるのだ。

昨夜の夢も過去の私のほろ苦い体験を連想させるような内容だった。

日頃仲の良い数人の友達と宿泊旅行を計画、東京駅の某改札口の前で待ち合わせる約束であった。久しぶりの旅行ということで年甲斐もなく興奮し、予定した電車よりだいぶ早い電車に乗り東京駅へ向かった。休日のしかも早朝とあり乗客はまばらでいつもより速く感じた。腕時計を見ると、待ち合わせには余裕のある時間に着きそうだ。そして思った通り、予定の時間よりずいぶん早く着いてしまった。改札口の前には仲間は誰もいない。するとあの嫌な性格がむらむらと出てきた。落ち着きとは裏腹に、いらいらしてくる。この退屈な時間を払拭しようと近くを歩くが早朝のためか売店も開いていない。

そうこうしていると、さほど便意もなかったが、これからのやや長い旅のこと、その前にスッキリさせようと思いトイレに入る。真の目的は時間つぶしなので、便は出ない、早朝もありトイレはきれいな状態で便器の程よい暖かさに、つい居眠りをしてしまった。果たしてどのくらいのときが過ぎただろうか、急な携帯の外まで響き渡る音で目を覚まし我に返る。

すでに電車に乗った友人からの甲高い催促の電話だ。私は、改札口を走り抜け、ホームに駆け込む。友人たちが私を見つけるや否や、「早く、乗れ」と手招きする。私は、何とかすべりこみセーフ。乗ると同時にベルがなりドアがしまった。私の額に冷や汗がうっすら光っているのが電車の窓に映っていた。

というところで、はっと、目が覚めた。

またしても、後味の悪い夢を見た。そして熟睡とは程遠い夜明けを迎えた。

苦い思い出

現役をリタイアしてから夢を見ない日はほとんどない。奇妙な夢をはじめ、いろんな夢を見る。しかし、楽しい夢は見たことがない。例えば、何かに追われているとか、失敗したこと、またそれを恐れていること、大事な場所や重要な会議等に遅刻し赤面、冷や汗をかいている場面などで、共通点としては非情に焦っている夢が多いことである。故に熟睡には程遠く、この上なく目覚めが悪く、常に寝不足の感が強い。そんなわけで、さわやかな希望に満ちた朝とは裏腹に、疲れ果てた朝を迎えると言う最悪の出発となる。

そこで、暗い夢をなぜ見るのかを考えてみた。失敗や不安を生み出す要因の一つとして私の性格が大きいだろう。ルーズで物事に対し用意周到さがまったくない。行き当たりばったり出たとこ勝負という行動が多い。それでも何とか大事に至らず通用してきたが、そういう真剣さに欠けていた取り組みのつけが、今となって夢の中に凝集し恐怖と猛省という形でわが身にふりかかっているように思う。いずれにしてもこのような夢から脱したいと願うばかりである。そんな中で受験の近づく季節になると必ず見る夢がある。もう五十数年程前の出来事である。

当時私は私立高校に通学。その学校は予備校のような体質を持った男子校だった。最終学年となった私たち三年生にはそれぞれの進学に適したクラス編成が組まれていた。私は理数が不得意なので私立の文化系大学志望クラスの一員として受験を目指していた。国語、社会、英語は元来好きな教科ということもあり、成績も順調に伸びた。本番の受験が近づいた。私の目指す志望校は九〇％の確率で大丈夫という教師のお墨付きをいただき、第二志望は作らず一本に絞り、いっそう勉学に励んだ。幸い直前の模擬試験の結果は十分な合格圏内の成績であったので、自信をみなぎらせ当日の試験に臨んだ。

大学構内の試験会場は劇場のような建物で後方が高くなった大きな会場だった。私の座席は中段位に位置し、私の左横には前から後ろへ一直線に走る通路となっていた。いよいよ試験開始。日頃はプレッシャーには強くないほうであったが、不思議なほど落ち着いている自分に少し驚いた。振り返ると、ここ数ヵ月の万全かつ順調そのものの準備が、今の心持ちを作り出していると確信した。静寂の中、数名の職員によって、インクの匂いの真新しい問題用紙と答案用紙が配布された。

一時間目は私の得意教科の国語だった。事前に予想していた問題内容であり冷静さを持続し、よどみなく問題に集中できた。

二時間目の社会科も問題なく乗り切ることができた。私の頭は、今までにないほど冴えわたり問題を解く上での最高のコンディションであった。しかし、その冴えた頭と神経が大きな災いをこの後もたらし、最悪の状態になるとはまったく予想できなかった。

三時間目が開始。英語の問題用紙が配布された。ここで先程と異なる情景を目にした。二時間目までの職員と入れ替わり、新たに女性職員を含む人たちが入ってきた。用紙を配布した後は、試験中それぞれの場所に立ち、我々の受験の様子を監視している。

それまでは問題の解答に集中して彼らの存在を意識することはまったくなかった。しかし、三時間目の試験が始まるや否や、一人の職員が私の左横の通路に立ち会場全体を眺めている。何とその職員は女性であった。一メートルも離れていない至近距離から匂ってくる女性特有のあの甘い香りに私の冴えた脳が敏感に反応した。しかも、ちらっと見るとその女性のスタイルの抜群なこと。さらに短めのスカートからはみでた、健康的なむっちりとした太股がよりいっそう私の脳を刺激し思春期である十代後半の若者に良からぬ妄想を次々と抱かせた。

もはや目の前の問題用紙はそっちのけで彼女の足にくぎづけとなった。私の心臓の鼓動は不規則かつ高鳴る一方だった。冬だというのに汗がとめどなく体全体からにじみ出てくる。もうどうしたら良いか分からない状態に陥った。何とかこのよこしまな思いを払拭しようと必死に努めたが元の自分に戻らなかった。しかし時間は無情にも刻々と過ぎていく。それからどれほどの時間が経過しただろうか、ふと我に返り問題用紙を眺めた。解ける問題は多かったが、解答用紙に記入する時間がもはや残されていない。私の焦りは頂点に達していた。こんなことで今までの猛勉強とそれに費やした時間をこの一瞬で無駄にしてしまうのかと思うと、悔しさと同時に両親に対しての申し訳ない気持ちで胸が痛くなった。私の横で平然と立っている女性に対し、怒り、憎しみさえ感じた。長い魔の時間が終了。

結局、私は半分も解答はできなかった。悔しいやら、情けないやら。疲労困憊、放心状態で試験会場を後にした。今でもその後、家までどういう経路で帰ったのか思い出せない。

後日、分かった結果は、予想通り不合格であった。高校の担任はじめ何名かの教員は、私の合格を確信していたので驚きの声ばかりだった。試験場での出来事は恥ずかしくて誰にも言わなかった。いや言えなかった。

浪人生活はさまざまな状況でできず、第二期募集のある学校をさがし、何とかすべりこんだ。

この悪夢のような出来事はずーっと自分の胸の中にしまい込んだままだったが、寒さ厳しい受験時期となると再び夢となって出てくる。まるで終わりのない夢である。

しかし、それらの記憶は年月を経た今、かつての苦しみを超越し、我が青春の一ページとして懐かしいほろ苦い思い出となった。

蛇足だがあの試験場の女性の顔を私は一度も見なかった。

変人といわれるかも？

私は一昨年、歯のインプラント治療をした。子どものころから甘いものが好きということもあり、虫歯には悩まされた。近所の歯科医院に通ったがその治療の痛さに飛び上がった覚えがある。そんなことで成人してからも歯の少しの痛みは我慢しながら生活を続けてきたが、現役をリタイアするとさまざまな緊張感が解けたのか、激しい歯の痛みに襲われた。

ついに覚悟し、ずっと避けてきた歯科医院の門を足取りも重く入ることとなった。診察の結果、私の痛む数本の歯はもはや抜かざるを得ない状態であった。そこで抜歯後入れ歯にするのか、今話題となっているインプラントのどちらかを選択することになった。インプラントに関する情報と理解を得るため本等を読みあさり、結局インプラントにすることを決心した。そして手術したが、そのものよりその後の数ヵ月間、固いものは食べることができないことが辛かった。

さてインプラント治療により驚くような白く形の整った前歯に生まれ変わった。口を大きく開け、人前で笑うことにもためらいがなくなった。そしてどうしたことかこのきれいな歯を他人に見せたい、そして見た人が果たしてどんな反応をするのかを見たいという興味関心がふつふつと湧いてきた。だが友人や知人にわざと大きく口をあけ歯を見せるのには抵抗があった。彼らから「いい歳して、もう若くないのにそんなきれいな歯にして」という嫌味ある言葉が返ってきそうな気がした。しかし私は何とかしてこのきれいになった歯を誰かに見せたいと言う思いを断ち切ることができなかった。そして思いついたのは、私よりずっと若い人や子どもたちに見せるならさほど不安や問題もないだろうということ。しかし通りすがりに見知らぬ子どもに向かって口を開けても、一瞬の間で肝心の歯を見てもらうことは不可能で、むしろ怪しい人物と思われるであろう。

しばらく考えた結果、見せる側も見る側も動かずにいること、互いに見つめ合うことができることなどの条件が合致するのに最適な場所は電車の中であることに気づいた。混雑している車内は無理であるが、座った前の席の人の顔と私の顔が互いに見える状態がベストだ。

用があり電車に乗った折に試してみた。乗車し、子どもづれの親子の前に座った。五、六歳であろう落ち着きなく車内を見回す無邪気な子どもと私の目が合った。このときだと思い、上下の唇をゆっくりと動かし自慢の歯を見せ、しばらくその状態でいた。前方の子どもは私の顔、歯を見るなり目を大きく見開き、驚嘆の表情でまじまじと私を見つめる。私は子どもの表情を確認するや否や平然を装い唇をおもむろに閉じた。子どもはまだ宙に浮いたような顔で私のほうを見つめていたが、幼心にも他人の顔を長く見ているのが気まずく感じたのか、隣の母親を横目で見ながら小声で何か囁いている。母親は、渋い顔つきで「人の顔をじっと見ているんじゃないよ、怒られるわよ」と子どもを諭す様子が分かった。私は降りるべき駅に到着、席を立ち下車する。ホームを歩きながらふと動き出した車内に目をやると何とあの子どもが私のほうを指さし、しきりに母親に話しかけていた。いつもは退屈かつ長い四十分ほどの乗車時間がこのときは非常に短く感じられた。あの子どもの驚く様子が私を愉快な気持ちにさせた。このことは、異常な心情であろうか。はたまた変人であろうか。そう考えると怖い気持ちにもなる。しかし今日も偶然子どもが前に座ったときは、果たしてこの子はどんな反応をするのかという興味に促され、一瞬歯を見せる自分がいた。

古希の日々

ときめき

久しぶりに都心に出る。相変わらずの賑やかさだ。しかしその騒々しさはまったく苦にはならない。現在の生活が変化なく刺激のない退屈した日々のせいか、この都会の慌ただしい状景が活気を与えてくれる。とりあえず映画でも見ようかと思い映画館に足を運んでみたが、題名やその内容、出演者等貼り出されたポスターを眺めてみるに、それほど見たいと言う気がしない。そこでまた雑踏の中を目的もなくテクテクと歩く。

ふと小さな公園にたどり着いた。疲れを癒やそうとこぎれいなしゃれたベンチに座る。周りには手入れが行き届いた色とりどりの花が植えられ、一瞬都心とは思えない感覚に陥る。しばし心地よさに浸っていた。しかし、残念なことにその静けさを壊すように派手な衣装を着た数人の若者たちが大声を出しながらやってきた。そして、少し離れた場所で歌と踊りが始まった。とても私にはついていけないその光景にいたたまれず、足早に公園を出た。そしてまたあてもなく歩いた。

果たしてどれぐらい歩いただろうか、前方に近代的な大きなビルが見えてきた。建物の正面には○○劇場という大きな看板があった。ガラス張りの大きなドアを何人かが出入りしている。興味本位で入ってみた。中は高い天井と広い空間で覆われ、いくつもの劇場が設けられており、その巨大な敷地に驚いた。エスカレーターを境に、一階と地下一階には多数のソファや椅子があり入場者の憩いの場になっていて、多くの人々が腰かけ談笑している。観劇した後の余韻が覚めやらず感想を話し合っている男女。あるいは一人何か冥想に耽る人、また、誰かと待ち合わせしているのだろうか頻繁に携帯を覗き込んでいる人もいる。幸い空いているソファがあったので座った。何もすることのない私は、もの珍しそうに周りの人々の様子や吹き抜けになっている高く広い建物を見回していた。

しばらくすると、私の隣に四十代ぐらいの女性がやって来て、「こちらは空いていますか」と笑みを浮かべ会釈する。とっさにどうぞと応答し、ふと彼女の顔を見た一瞬、私は動揺した。そして熱くなった胸の高鳴りを抑えるのに必死となった。その理由は、彼女が、まさしく私好みのふくやかなおっとりした素敵な女性だったからだ。これが一目ぼれというやつかと改めて感じた。古希を過ぎようとする自分が抱くこんな気持ちにやや恥ずかしさを覚えたが、女性に恋することは年齢には関係ないと強く思った。私は勇気を出して女性に声をかけた。

「劇を見に来られたんですか」すると女性はあの柔和な表情を崩すことなく「いいえ、友人と待ち合わせをしていたんですが、あちらに急用が入り来ることができなくなりましたので、少しここで時間をつぶして帰ろうと思います」

彼女のあくまでも優しい表情と落ち着いた口調、そしてほのかに伝ってくる女性特有の甘い香りがよりいっそう私をとりこにした。かつての若き時代の熱いときめきが蘇り、もはや止めることができなくなっていた。とっさに、私は嘘をついた。「いや、私も昔の仲間と会う約束でしたが、先程彼から熱が出て体調が悪いと言うメールがきたので、私のほうから無理しないで、また次回に会おうと送信しました」と話し、続いて「帰るには早過ぎるので、ここで時間をつぶしているところです」と話す。全て出まかせであるが、罪悪感はまったくなし、私にとってはまたとない機会であった。少しでも長くこの女性と話したい、できれば友達になりたい、と言う気持ちを止めることができなかった。周囲の人の目を気にしながら彼女に突然声をかけたことをお詫びした。

するとと女性はあの優しい表情で「いえいえ、私も他の男性と話す機会はほとんどありませんので、嬉しいです」と答えてくれた。私は嬉しかった。そして意を決して、「良かったら、短時間近くでお茶を飲みながらお話ししませんか」と呼びかけた。断られることも脳裏をよぎったが、何と意外にも女性は警戒心もなく「いいですよ、是非お話ししたいです」という返事。私は飛び上がるような嬉しさを感じた。

そして劇場を出て近くの喫茶店に入る。幸い落ち着いた雰囲気の店でコーヒーを飲みながら、互いの現状等を話し合った。彼女は当然人妻で、子どもは二人でともに大学生、それぞれ巣立つまで生活は容易ではないと話す。夫は外資系の会社に勤務するエリート社員で、数年前までは専業主婦であったが、現在は週三日ほどのパート勤務ということ。夫は転勤が多く、それも大半が外国ということでその都度、家族も異国生活が続いたが、子どもが大きくなるにつれて、子どもの将来を考え、日本での生活を基盤にすることを優先し、自分と子どもたちは日本での生活となった。すると世間でよくある話だが、単身赴任の夫に異国で愛人ができた。そして何と夫から一方的に離婚の要請があり、もう日本へは帰らないと言う強い意志が伝えられた。彼女はまさかの出来事に驚き、傷つき深く悩んだが、夫について外国に行かなかった自分にも責任があると思い、二年前に夫の意向を受け入れ協議離婚したと言う。

その状況を涙を浮かべながら語る彼女の姿と現在二人の子どもを抱えての苦労を察すると、周りに誰もいなければすぐに抱きしめたい感情が募った。そしてこんなにも魅力的な妻に別れを告げた夫に少なからず憎しみを覚えたが、私自身のちょうど働き盛りに先妻を亡くし再婚するまでのいたたまれない気持ちを思い起こすと、長い異国生活にあって安らぎ話し合える人が彼には必要であっただろうと考え、男として複雑な気持ちにもなった。その他互いの趣味や今後の生き方などざっくばらんに時の経つのも忘れ話し合った。いつの間にか二人の距離が確実に近くなったことを感じた。ふと窓から外を見るとすっかり暗くなっていた。彼女は帰り際にメールを記したメモを私にくれた。しかし、私のメールは要求しなかった。私に妻がいることに配慮したのだろうか。私も即、メールを渡したい、こんな素敵な女性と何度も話したい、会いたいと言う衝動に駆られたが、結局私のほうから連絡することを約束し別れた。彼女が去っていく後ろ姿を名残惜しくしばらく眺めていた。最後に再びこちらを向いて手を振った。

私の性格は猪突猛進である。後先をさほど考えず突っ走ることが多く、今までそのことで失敗することは数知れなかった。しかし、今冷静になって考えてみると、彼女にとっては辛かったことを誰かに話したかった、それがちょうど二十歳以上も離れた私で、無難な良き相談相手であったということかもしれない。そう思うと何かむなしくなる。

いずれにしても、あの癒やされる笑顔の彼女を思い出すたびにもっと親密な関係になりたいという私の思いと異なり、彼女の口から相談相手としての対象であると告げられる恐怖感が入り混じって踏み出すことにためらいがあった。そして究極のところ、彼女はまだ若い、子どもたちが独り立ちしたら再婚し新たな人生を歩むことが十分できる人物である。私のような妻帯者の老人が夢中になることは迷惑かつ不幸の始まりである。そう考え、潔くメールを破棄した。そして今は、彼女の幸福を心から祈ると同時に、一瞬ではあったが恋心と熱くなるようなときめきを与えてくれた彼女に感謝したい思いでいっぱいだ。

待ち時間

飯田橋駅で降りる。そして十分程歩く。あいにくの雨、季節は秋だが真冬のような寒さだ。私の歩く前後には、若者の列が続く。行く先にあるH大学の学生たちだろう。この寒さの中、元気な会話が響き渡る。特に女子学生の甲高い声がひときわ目立つ。昨夜のテレビ番組の話で盛り上がる中、突然一人の学生が、「でも、今日は本当に寒いよね、こんなに寒くなるとは思わなかったわ」。すると、隣のいかにも丈夫そうな女子学生が、一喝、「K子、何言ってんの、今から寒いなんて弱音はいてるんじゃ冬は過ごせないぞ」。

おっしゃる通りだが、何とも厳しいお言葉、後ろで体を硬直させながら歩く私にはずしりとこたえた。私はH大学の手前にあるT病院を目指していた。ようやく病院に着いた。実は一週間前から、下腹部が重苦しい。膀胱炎の症状に似ているが、前立腺肥大ということで、ここ一年程、定期検診のため数ヵ月に一度通院している。検診と言っても、治療はまったくなく、担当医師から、いつも「その後変わりはないですか、なければいつものお薬を出しておきます」の一言で診察室を出る。待ち時間に比べあまりの短さに唖然とする。

しかし、今日は急遽予約を取りやって来た。いつものように、待合室で名前を呼ばれるのを待つものの、今回は異常を感じ来院したので不安であった。やっと呼ばれ、診察室に入る。医師にここ一週間の違和感について体の状態を話す。医師は、私の顔を凝視し、では、検査をしましょうと言い、別室の診察台に私を寝かせ、まず、超音波検査、次にお尻から指を突っ込み前立腺の状態を調べる。しばらくして、医師から、以前と変わりはない旨の話があった。しかし念のため、二階で、尿検査や採血等の検査を受けるよう指示された。私は朝から小便を我慢していたので、走るように二階の検査室に駆け込み、いくつかの検査を受けた。

検査結果が分かるまで昼を挟んで三時間ほどかかるということで、また、泌尿器科の診察室前で待つことになった。しかし、その時間の長いこと。加えて最悪の結果が浮かんできてどうしようもなかった。つとめて、過日読んだ本の中のポジティブな言葉を思い出し、ただひたすら、それらの言葉を心の中で何度も呪文を唱えるように繰り返した。何と言っても、病院での最も不安な時間は、検査結果を待つ時間であろう。

そして、長く不安な時間に終止符が打たれた。実は、私と同じ時間帯に診察を受け、また、二階では私の後に検査をした男性がいた。待合室でも一緒であった。しかし、話はしなかった。その男性が私より先に診察室に呼ばれたときに私の不安がマックスに達した。おそらく、彼の検査結果は異状なしなので、先に呼ばれたに違いない、自分が後であるのは、異状ありで、私に対する医師の説明が長引くためだろうと推測をする。思った通り、彼は二〜三分という短時間で安堵の表情で出てきた。次に、推測の外れることを願い診察室へ入る。

医師から腫瘍マーカーの値が高くなっているということが告げられた。異状なしの以前に比べ、医師も少し驚いたような顔であった。

少し間を置いて、医師は、一時の炎症でも急に値が上がることもある、二週間後に、再度検査し、また今日と同じならば、次の処置を考えましょうということで、炎症を抑える薬が処方され、病院を出る。

外は、もう暗く、相変わらず冷たい雨が降り続いていた。違和感はあったが痛みなどはなく、大したことはなかろうと楽観的な思いであったので、やや落ち込んだ。

家に帰り、インターネットで検査の数値について調べる。いずれにしても、早く今の状態が分かったことに感謝し、次へ向かうようにと考えると、やや気持ちが落ち着いた。しかし、夕食の味は今一つ。テレビのお笑い番組も心から笑えない自分がいた。

改めて、先日読んだ本の「自分に起こることはいかなることもプラスになる」「解決できないことは起きない」等の言葉を思い出し次に向かおうと決心した。

自己流サイクリング

私は思いつくままに自転車にまたがり目的地も決めずサイクリングをすることがある。本格的なサイクリングとは程遠く、家の縁側の端に置いてある買い物用の古い自転車に空気をパンパンに入れ、ただひたすら走るのだ。目的地は決めないが、たいがい行きつく先、終点は川の土手であることが多い。そこまでの道のりは、いまだ走ったことのない知らない町をゆっくり走る。特に左右に現れる大小の色とりどりの家並みを見るのがとても楽しい。そこには、目を見張るほどの豪邸もあり、また対照的な今にも崩れそうな小さな家もある。私は、それぞれの家に住む人の様子を勝手に思いめぐらしながら走る。そして立派な家を見ると、自分もこんな家を持ちたい、住んでみたい、そしていつの間にかその家の主となっている自分自身を想像するのが、この上もなく楽しい。また偶然にもそんな豪邸から出てくる人物（持ち主であろう）を発見することもある。しかし、想像とはまったく異なるのもまた興味深い。気の向くまま、むやみに走り回るので、道に迷うことは再三ある。しかし往路は不安を感じることはほとんどない。時間的な余裕と、天気の良い日を選んでいることも不安を感じさせない要因であろう。しかし、帰り道は迷ったり、上空の雲行きが怪しくなったりしたときなどは不安を覚える。そんなことで、午前中のサイクリングは快調そのものだ。

今日も知らない町を何時間か走ると、密集した住宅地からまばらな家並みへと変わり、のどかな田園風景が前方に見えてくる。心地よい風が頬を撫で、甘い空気を胸いっぱいに吸い込みながらペダルを力強くこいでいると、遠くのほうで川の流れる音が聞こえてくる。その音に誘われて進むとようやく午前中の終着点である川にたどり着いた。目の前の高い土手を力の限り自転車を押しながら上る。すると、目の前に見えるのは、何と想像以上の大きな川だった。私は青々と茂った平らな草むらにどかっと腰を下ろし、首と額の汗を拭いた。そして途中、コンビニで買ったおにぎりとお茶を荷台のバッグからおもむろに取り出し昼食をする。このひと時が快い疲れと同時にまた何とも言えぬ安らぎを与えてくれる。目の前を悠然と流れる川に目をやると、時々周囲の静寂を破るような「ポチャン」という音が響く。見ると川魚が跳ね、すばやく川底に泳いで行くのが見えた。足を投げ出し、流れる川面をじっと眺めていると、いつの間にか、幼いころの出来事が走馬灯のように浮かんでくる。

私の生まれは和歌山県である。中でも日の暮れるのも忘れ、夢中で過ごした、紀ノ川を真っ先に思い出す。そんな雄大な美しい川の流れる地で過ごした少年時代にタイムスリップする。

どのくらい、土手に座り思いを巡らしていただろうか、私にとってはとてつもなく長く懐かしい時間を過ごしたように感じたが、腕時計を見ると、ほんの一時間にも満たない時間だった。そして、どこまでも、とうとうと流れる川に別れを告げ、また愛用の自転車に乗り出発した。帰り道、小さな公園を見つけ中に入る。市民の憩いの場であろう、ベンチが至るところに設置され何人かの人が腰かけ雑談している。私も空いているベンチを見つけ一息つく。しばらくすると、一人の女性がやって来た。たどたどしい日本語とホリの深い顔を目にして、即外国人だと分かった。私は、「どこの国から来たのですか」と聞くと、「はい、ブラジルです」と彼女は答えた。語学は不得意だが知っている英語の単語を並べながら彼女に話しかける。だが通じない。ポルトガル・スペイン語が母国語ということで会話はまったくと言ってもいいほど成立しないのだ。ただ、三ヵ月前に一人で日本へ来て働いていると言うことだけが何となく分かった。三十分ほどして彼女に別れの挨拶をし、また自転車に乗った。公園の出口でふと振り返ると、彼女は立ち上がって、私に向かって人なつっこい笑顔で手を振っていた。家庭の事情等は分からないが異国の地で一人生活している彼女をとてもいとおしく感じた。そして今度会ったら少しは話せるようにと帰ってからインターネットでポルトガル語の日常用語をできるだけメモした、そのメモ用紙をポケットにしのばせ、後日、あの公園に行ったが再び会うことはなかった。

話は戻るが彼女のいた公園を後に、朝来た道を思い出しながら我が家へと向かう途中、恐ろしいことに遭遇する。空がにわかに暗くなり、突然季節外れの雷が鳴り出し、まもなく地面を撃ちたたくような激しい雨に見舞われた。雷恐怖症の私には最悪の事態である。雨具の用意はまったくしていない、びしょ濡れの体で雷から逃げるように必死にペダルをこいだ。運よく高速道路下のトンネルを見つけ避難する。雨の止むのを待つこと三十分ほど。急激に気温が下がり濡れた体がよりいっそう冷えてくるが、幸い雨も上がりうっすら日が射してきた。嬉しかった。私はトンネルを出ると一目散にペダルを踏んだ。そして無事、今回も家に到着、ほっとする。そして今日一日のさまざまな出来事を振り返り、しばし、その余韻に浸っていた。しかし、夕食後はどっと疲れが出てきて、テレビを見ながらいびきをかいていた。

改めて、次はどこへ行こうか目的のないぶらりサイクリングを考える。果たして次回はどんなドラマが待っているかを想像することはこの上なく楽しい。そんな私の自己流サイクリングの唯一のルールは三ヵ月に一度の実施ということのみである。

異性への関心

私はまもなく古希を迎える。この年齢に至るまで日々継続してきたものが何かあるだろうかとふと考えてみた。振り返れば年齢に応じ、他の人同様さまざまな出来事に遭遇、体験をした。しかしそんな中でも今まで貫き通しているものは何かと考えると該当する事例は何もない。元来計画性なし飽きっぽい性分はこの歳になっても変わらない。何かの目標を掲げそれに向かって全力を傾けたという経験に乏しい。故に他人に自慢できるものが何もない。しかし、そんな私の人生で、高齢者の仲間入りをした現在に至るまで続いていることが、何と一つ見つかった。それは恥ずかしいことだが、異性への関心である。少年時代から今まで変わることなく常に異性を意識する自分がいた。その証しとしての再婚。しかし再婚は家族のもめごと等多くの家庭不和を生み、さまざまな苦悩を生み出すもとでもあった。全て私が蒔いた種である。話をもとに戻そう、いずれにしても女性関係での失敗はいくつかある。しかし悲しいかな、女性の良いところを見るにつけ、後先を考えず猪突猛進してしまう人間だ。下品な言い方をすれば「女好き」と言われても仕方ない。

私の好きな作家の一人に、渡辺淳一さんがいた、残念なことに先日亡くなられた。氏の著す作品は小説はもとより特にエッセイが素晴らしい。何よりも難解な言い回しは皆無、元医師という知識経験を踏まえた話を随所に入れた具体的かつユーモアを交えた文章にいつも感銘し共鳴する。氏の「老い方のレッスン」という著書の中で、さまざまな集まりや趣味の会には臆せず興味本位で出かけていくこと、それもできるだけ女性が多くいそうな会に行ってみる。そこから新しい恋が芽生えて一段と若返るかもしれない。いろんな会に積極的に出る、そしてさまざまな女性と話をし、親しくなる機会を持つこと、つまり邪念あってこそ進歩があり大いに若返るのだ。と熱く読者に呼びかけている。その他、高齢者はどのようにして女性と親しくなるか、そのノウハウを的確にかつ具体的に記している。我々シニアにとって定年後にどう生きるか一つの指針を提示している。いつまでも若くいるための最大の参考書と言っても過言ではない。年齢から、いまだに異性への関心のあることに後ろめたさを感じていた私を、肯定し勇気づける内容に胸躍る思いであった。しかし前述のように死去の知らせには驚きと落胆の気持ちでいっぱいだ。氏を尊敬していたし、常に私を後押しし、勇気をくれた著書の中の数々の言葉には感謝の気持ちでいっぱいだった。しかし今は目標、支えを失った悲しさが募る。

さて、私の異性に関する興味関心は年齢の老化とは裏腹に一向に衰えることはない。朝の日課である散歩に出かけても、たびたび会う女性に今朝は会えるかなと楽しみに出発する。また途中ですれ違う見知らぬ女性にも軽く会釈をする。期せずして、女性から微笑みが返ってきたときは、嬉しく満たされた気分になる。たとえ無視されたり嫌な顔をされたりしても、私自身不快感はまったくなし、それよりもすれ違うときの女性特有の甘い香りを感じると何とも言えぬ幸せな気分になるのだ。そしてまた私の足は女性の歩いている方向に自然と近づいていく。例えば前方の道を進むにしても女性の歩いている道を選んでいる。そんな不良老人だがこの異性にときめく気持ちが私の生きがいの一つであり、これがなくなったときは人生の終焉であろうと思う。

若いころよりシニアの今のほうが、さまざまな集まりや場所で女性に語りかけることが苦痛ではなく、むしろ楽しいものとなった。会合等で空席を見つけるとやはり女性の隣に座りたくなる。そして、やんわりと座ってよろしいですかと声をかける。しばらくして、少しお話ししても良いですかと尋ねる。そこで断られたら潔く「すみません」と謝罪する。また私がそばにいることに不快感を抱いている表情を察知したときは静かに即他の席へ移動することにしている。しかし最近は、私が老人（シニア）ということもあるのか、大部分の女性は変な警戒心を持つことなく、私の語りかけを受け入れ、話が弾む。

前にも述べたが女性との間のいざこざなど苦い経験もあるが私はこの世の中に女性がいなくなったら生きていけないとつくづく思う。九十八歳で亡くなった父は九十近くの歳になっても、当時入所していた老人施設の五十歳も歳下のヘルパーさんに一時恋をし、心をときめかしていた。そんな父の遺伝子が私にも宿っているのだろうか。

私の好きなこと

喫茶店でのおしゃべり

リタイアしてからは月に一～二回ほど、ぶらりと都心に出る。これといった目的はない、映画を見たりデパートの催し物コーナーをのぞいたり、はたまた書店に入り立ち読みするのが当日の日課である。そして、歩き疲れて最後に寄るところはいつも喫茶店である。それも静かで落ち着いた店ではなく、繁華街や駅前にある喫茶店だ。店内がやや騒々しくても私にとっては、ほっとできる場所だ。入店すると外が見える窓側のしかもカウンター席に座ることにしている。理由は、窓から見える雑踏、特に人の往来をぼうっと眺めるのが好きだからだ。そして、また隣にいる人とたわいないおしゃべりをすることがこの上もなく楽しい。しかし、私のほうから話しかけると嫌なやつだとにらみつけられたり、変な顔をされたりする場合もたまにはある。そんなときは潔く、「どうも話しかけてすみません」と謝罪し、隣にいることに苦痛を感じたら、おもむろに席を移動することにしている。

最近、目立つのは若い外国の人が多いことだ、異国の地での生活をたどたどしい日本語で話す表情は懸命だ。いずれにしても私と話す人たちは、勉学のために日本に来ている若者が大部分であるが、他の目的であっても言葉の不自由、環境の違いを乗り越え、たくましく生活をしている彼らから、改めてパワーをもらう。そしてそんな若者たちの共通点は、皆、日本が好きであると言うことだ。私は、話し終えたとき、やや難しい日本語とは思いながら、必ず「互いの国の懸け橋となるよう帰国してでも活躍してください」と言って別れるのが常である。

次に、先日いつもの喫茶店で出会った女子学生の話をしたい。私は例の窓側の席に座りいつものように外の人ごみをぼんやりと眺めていた。しばらくすると一人の女性が私の隣の空席を見つけ、会釈すると同時に「この席よろしいですか」と声をかけた。私はとっさに我に返り、「どうぞ」と答えた。彼女は座るや否や大きな黒いバッグから分厚い参考書と大学ノートをおもむろに取り出し、参考書の付箋の部分をめくりながらノートに細かい字を必死に書きこみ出した。ちらっと横目で見るとノートの文字は外国語のようだ。彼女に向かって「語学の習得、大変ですね」と語りかけた。彼女はメモしていたペンを一瞬置き、微笑みながら「ありがとうございます、今論文をまとめるので少し焦っています」。私は続けて、「文学部の卒論ですか」と聞くと、彼女は「いえ、私、医学部の四年生なんです」。その返事に驚いた。そして「将来はお医者さんですか、勉強大変ですね、優秀なんですね」と半ば驚きと敬意の思いをこめて話した。それから一時学習を中断し互いにいろんなことを話した。彼女が現在通っている大学は何と我が国トップレベルの某国立大学医学部ということを知った。今まで想像していたあの秀才にありがちな、がり勉かつ冷徹な人間とは異なり、そんな私の偏見を払拭するような謙虚で如才ない明るい振る舞いは好感を抱かせた。彼女の口から実家を離れてのアパート生活、過去のいくつかのエピソードや医師を目指した動機、さらに自身の未来の医師像等、初対面の私に飾り気なく熱い真情を吐露しながらも終始穏やかな口調で話し、時々私の語りかけには、真剣なまなざしで頷きながら受け答えするなど、とても二十代とは思えない落ち着いた受容性溢れる態度を取った。将来必ず患者の心に寄り添う素晴らしい医師になることを確信した。時間の経つのも忘れていたが、別れの時間となり激励の握手をし、私は店を出た。

只一つくだらない思いが私の脳裏をよぎっている。それは彼女が注文し食べていたものである。彼女は見るからに大きなハンバーガーと大盛りのフライドポテト、そして飲み物はLサイズのコーラといういかにも高カロリーなものを口にしていた。そのことに将来の医師との違和感を少し抱いたのは私の考え過ぎであろうか？

立ち読み

私の趣味の一つに読書がある。年間七十冊程の本を読む。ジャンルは雑多、しかし小説に目を通すことはない。概して小説は長編のものが多く、一冊を読破するのに時間がかかるので敬遠しているのだ。そんなわけで多読、かつ広く浅い読み方をしている。

次に、趣味である読書をする場所をあげたい。大きく分けると三つの場所に分かれる。まず自宅、次に市の図書館、そして書店の三ヵ所である。中でも最も落ち着いて集中した読書ができるのはやはり我が家だ、私の狭い部屋は、書棚に入りきれない本があちこちに散らばっている。

二つ目の図書館は、月に一、二回ほど行く。ここでは主に借りるのが目的である。しかし、借りたい本が早く見つかり、時間に余裕のできたときは、書棚を巡り興味ある本を抜き出し館内の椅子やソファに座って読む。座り心地の良いソファはいつもリタイアした年配者たちで満席だ。見ると、それぞれ手には本を持っているが、疲れなどはないのに居眠りしている人が大半だ。中には大きないびきをかきながら熟睡する人もいる。静寂な図書館にはいっそう響き渡る。たまりかねた職員がやってきて注意する光景もしばしば見かける。日中の寝過ぎが夜の不眠の原因を作り、また昼間になると睡魔が襲ってくるという悪循環に陥っているのだろう。私は館内で読むときは帰りまでに必ず読み終わるような本を選ぶことを原則としている。したがって、薄めの本や雑誌、新聞等を読むことが多い。

さて、三つめの場所は書店である。私にとっては日々の中で重要な位置を占めている。一日中家にいるときは、夕食前に散歩を名目として、我が家の周辺にある書店に行く。そして、書店内においては私なりのルーティンがある。それは、まず店に入ると最初に週刊誌の並ぶ場所に直行する。そこで何冊かの週刊誌の内容を目で追い、興味ある記事をざっと一通り読み終えたところで、次に月刊誌の置いてある棚に移動する。ここでも何冊かを手に表紙をめくり、目次や見出しを見て読みたい箇所を集中的に読む。そして、いよいよ最後に最も読みたいと思う啓発書にたどり着く。啓発書と言ってもさまざまな分野のものがあるが、最近は、七、八年前の定年後に資格を取得した、健康管理士や生きがいづくりアドバイザーに関する、生きがい・健康などのたぐいの本を読む割合が多い気がする。いずれにしても書店で面白い本を手にしたときは、時の経つのも忘れ読書に没頭。夕食時を軽くオーバーし妻の強烈な怒りに触れる。

そして、何よりも書店での私の読書スタイルは、「立ち読み」であり、一時間、二時間は日常茶飯事である。立ち読みが主であるので書籍を購入することはほとんどない。書店にとっては最も敬遠したい、嫌な客に違いない。その証しとして、常連客である私が店に入るや否や見慣れた店員は私のほうをちらっと見ると「また来たか」という不機嫌な表情に変わるのが分かる。他の客の出入りには、大きな声で「いらっしゃい」「ありがとうございました」の対応だが、私のときは声もさほどなく、顔をまともに見ることもない。しかしそんな店員の態度にも私には怒りというものはまったく感じない。むしろ当然だなあ、と書店への同情心すら湧いてくる。そして、今日もまたそんな冷たい視線にもめげず立ち読みをする私を自分ながら、嫌なやつだ、図々しいやつだと思いながら目の前の本を手に読み始めると全てを忘れてしまうのだ。しかし、そんな立ち読み常習の私にも面と向かって注意しないのは薄々私には分かっている。それは、立ち読み一辺倒ではなく、年に数えて何回だろうか、立ち読みでは満足できずに何度も繰り返し読みたいと思う本に何冊か出会う。そのときは、もちろん惜しげもなく購入することにしている。そのために、立ち読み常習者である私をやむをえず店は認めているのだろう。

しかし、立ち読みで後悔することもある。その一つとして、興味ある本に出会い、いつものように夢中で読み始めたが途中で家に帰らなければならない用が入ったときだ。「よし、この続きは明日来て読もう」と後ろ髪をひかれる思いで家に向かう。そして翌日、続きを読もうと小走りで書店に到着。即、読みかけの本の場所に直行する。しかし、何と、その書棚には、もはや、あの本がない。しまった、売れたんだ、昨日購入するんだったと悔やんだが後の祭りだ。このような経験が何度かある。私は、必ず読み終わった本はその題名と著者そして出版社を自宅のノートに書き留めている。年度末にそのノートを見て、今年はどんな本を読んだのか、その本の内容をおぼろげながら思い出すのが楽しみである。

次に二つめの失敗に基づいた体験談を語ることにする。それは都心の大型書店での出来事である。さすがに大きな書店だけあって、最新の書籍はもちろん、あらゆるジャンルの本が整然としかも所せましと並んでいる。その情景は壮観そのものだ。また、各階には客が座って読めるように椅子と小さなテーブルが設置されている。立ち読み常習の私もここでは読みたい本を何冊か選び座って心ゆくまで読みふけることが可能だ。ここでは立ち読みならず座り読み常習者となってしまう。ただ断っておくが、新しい本を含めて興味ある本がたくさんあるので必ず何冊かは購入するのが常であり、座り読みで終わることはまずないことを強調したい。

さて、こんな快適な書店での失敗談を述べる。私は購入したい本と店内で座って読む本を数冊選び、空いている椅子に座り一気にここで読もうと決めた本を読み終えた。購入を予定してない本なので元の場所に返す前に、いつもは、帰宅してから例のノートに題名等記入するはずが、帰るまでの距離もあり忘れてしまう恐れが強く心配だったので、つい手持ちのカバンの中のメモ帳を取り出した。そして記入しているところをあいにく、通りかかった店員に見つかり厳しく注意された。隣の席に座って読書していた人が一瞬私を軽蔑のまなざしと冷めた目で眺める。私は恥ずかしさと同時に犯罪者のような気持ちに陥る。いたたまれない気持ちと自尊心を傷つけたくない気持ちがむらむらと沸き起こり、店員に謝るのではなく、とっさに、「この本は買うんですよ」と答えた。買う本の題名を今、メモする必要のないことは誰でも分かることである。結局買う予定のない本も購入し、家路に就いたが、何とも言えぬ自己嫌悪感に陥ったことを今でも鮮明に覚えている。今となっては、私の非常識な行動を反省するばかりだ。また、日頃常習となっている立ち読みも適切な時間を考えたい。私の趣味である読書を今後長くかつ気持ちよく続けていくための大切なことは何かを考えるこのごろである。

カラオケ教室

私は数年前から月に二回カラオケ教室に通っている。動機は、歌謡曲を聴くのが好きだったこと。幼いころから近くに住む祖父の家の居間で、テレビに映る歌手の歌声と格好良さに祖父の隣でほれぼれし、聴き、見入った。今でも夜の楽しみとして、数少ない歌番組を見る。特に演歌が好きで、一日の嫌なことも忘れさせてくれる時間だ。

現役時代、大きな行事が終わると懇親会、その後の二次会は決まったようにカラオケで盛り上がった。しかし、残念ながら私には何とか歌える曲は一～二曲で、指名されて歌うたびにまた同じ曲かという同僚の冷たい視線を感じ、二次会へ行くことも重荷となっていた。そこでリタイアしたら、歌のレパートリーを増やし加えて少しでもうまくなりたいと思い、カラオケ教室のドアをたたいた。そしてカルチャーセンターの二つの教室を見学した。最初のところはきれいな建物の広い部屋であった。受付で渡された見学用の名札をつけ、恐る恐る後ろのドアから入ると数名の男女の受講生が振り返り私を凝視する、年配の女性講師が私を見るや否や、「もっと前へ来なさい、そこで三十分程見学するように」と私を最前列の席に促した。それから受講生が順番に前へ出てマイクの前で課題曲であろう歌を歌う。歌い終えた一人一人に、先生は、甲高く迫力のある声で次々と欠点を指摘する。褒めることはまったくない、歌い終えた人は皆、暗い顔でうつむきながら自分の席へ戻っていく。いやはやその厳しい指導にびっくりした。

見学時間が過ぎたので先生に一礼し帰りを告げると、私の不安な様子を察したのか、先生は「通うようになったら、もっと積極性を身に着けなければ、びしびし鍛えるわよ」と、のたまう。私は赤面しながら部屋を出る。とてもあの講師にはついていけそうもない。元来褒められて伸びる性格の自分にあって、入会しても挫折を味わうことは目に見えている。翌日断りの連絡をする。

そしてもう一つのカルチャーセンターを尋ねた。ここは男性専科（五〜六名）コースが設置されていたので、早速そのレッスン風景をのぞかせてもらう。四十代と思しき美人の女性講師が人なつっこい笑顔で私を迎えてくれた。数名の男性で満杯という部屋だが何となく居心地の良さを感じた。男性陣は全てリタイアした私と同じ年頃の人たちだった。そして初対面の私を温かく迎えてくれた。その瞬間、私はレッスンの内容は度外視、即入会を決めた。私の予想通り、懇切丁率な指導の先生とフレンドリーな男性たちとのレッスンは楽しく、一時間半の時間の経つのがあっという間であった。またレッスン前の先生を交えてのそれぞれの近況を含む雑談がよりいっそう楽しみを増した。さらに先生が他の場所でも教える受講生たちが一堂に集まり年に二回、定期的に市内のホール・施設で成果を発表する催しがある。教室内ですら個人で歌うことに緊張を覚える私が、たくさんの人の前で歌うホール等での発表は、今でも不安と緊張がマックスとなり震えが止まらない。しかし歌い終えた直後の充実感・達成感は現役から離れ忘れていた感動を蘇らせてくれるものだった。そして、次の発表会に向けて新たな挑戦を決意する瞬間でもあった。私にとってこのカラオケ教室は、常に新しい曲（課題曲）に挑み、マスターすることで、老化防止、ひいては、今話題の認知症予防にも役立っていると実感する日々である。

私のゴルフ

私のゴルフ歴は長いようで短い。そもそもゴルフとの出会いは四十代半ばであった。○○県庁青少年課へ出向、そこで上司に連れていかれた。ゴルフ場の広大なまばゆい緑の芝生を目の前にしたときの感動は今でも忘れない。しかし、いざプレーとなると、それはもうさんざんな目にあった。何しろ一緒に回るメンバーについていくのがやっとで、一日中、冷や汗の混じった汗を拭いながら、ばたばたと走り回り、もう疲労困憊というありさまだった。恥ずかしさと腹立たしい思い出しか残っていない。そして、自分はゴルフの能力は皆無と自覚、喪失感だけが残った。皆が考えるようなもっとうまくなりたいという向上心等はまったくなかった。そんなわけで、その後の誘いも全て断り続けた。それから数年程経て出向から戻ってきた職場の懇親会がゴルフコンペであった。私にとっての二度目のゴルフとなった。今回は気心の分かった仲間と初心者も何人かいたので、下手ながらも楽しい一日となった。すると不思議なもので、元来負けず嫌いな性格がむくむくと湧き上がり、同僚との競争意欲が出てきた。それからは、暇を見つけては、練習場に通い必死に球を打った。だが所詮、自己流のゴルフ。スコアもさほど上がらない状態の期間が続いていた。そんな折、またしてもゴルフから遠のく大きな事件があった。それは、ショートホールでの出来事だった。私の打った球が久しぶりのナイスショットとなり勢いよく、グリーンに向かった。私は、一瞬会心の当たりに酔った。ところが次の瞬間、大変なことが起こった。前方のグリーン周りで我々の打つのを待ちながら待機していた一人の男性の頭を直撃したのだ。向こうのほうで何かざわつき、男性が前のめりにしゃがみこむような姿がぼんやりと見えた気はしたものの、今までにない力の抜けたスイングとクラブの芯に当たった感覚に酔いしれていて前方の出来事はあまり目に映らなかった。が、友人たちに促され、グリーンに走っていき、初めて重大な事件に言葉を失った。即、ゴルフ場の受付に連絡。しばらくして、救急車が到着、近くの病院に搬送された。私は茫然自失の状態で、ただ車が走り去るのを見ていた。まもなく我に返り、改めて大変なことに気づき、プレーを中断し、病院へ自分の車を走らせた。不安な気持ちで待つこと一時間ほど、包帯を頭に巻いた男性が検査室から出てきた。その負傷した見知らぬ男性にお詫びをし、深々と頭を下げた。幸い怪我は大事に至らないと言うことを聞きほっとした。後日、男性の家を訪ねお見舞い等した。

当ててしまった私に非のあることは潔く認めるが、私の打つ様子を次のグリーンの向こうでプレイヤー全員が注視していたのに、どうしてよけることができなかったのだろうか。またその組にキャディーさんがいたのに、まったく注意の声もかけなかったことなどに心ならずも不満を抱いた。だが、いずれにしても、私の打球が予想以上に伸びたことは、ゴルフの下手なことの証明であるに違いない。この事件があってからしばらくゴルフ恐怖症に陥ってしまった。そして、またゴルフとは縁遠くなってしまった。

それから何年経っただろうか、職場をリタイアして、運動不足を補おうと思い、年に数回程のプレーをするようになった。そんなわけで、冒頭にも述べたようにゴルフ歴は二十年程になるが、実質は数年間のプレーと言っても過言ではない。故に私のゴルフ歴は長いようで短いということである。

そしてリタイア後は思いつくままに、一、二ヵ月に一度急に予約を取り、一人で飛び込むゴルフスタイルが続いている。しかし、そんなゴルフには、楽しみと不安が常につきまとっている。楽しみとは、まったく顔の知らない人との新たな出会いを想像するのが楽しい。しかし、不安のほうがずっと多い。私より数段上手だったら果たしてついていけるのだろうか、はたまた、協調性のない変な人ではないだろうか等、さまざまなことを考えると前日の夜の寝つきが悪くなる。今思うと気心の知ったゴルフ仲間を作っておくべきだったと、悔やむことも時にはある。しかし、逆に仲間からの誘いや日程の調整等少なからず他人のペースに配慮する必要を考えるのもおっくうだし、何と言っても、自分自身がゴルフをやりたいと思ったときに行くという今の飛び込みスタイルのほうが、不安もあるが精神的には楽なプレースタイルだと考えている。

そんなことで、予期せぬ人とのプレーも数多くあったが、大部分は気持ちの良い人との出会いで楽しく充実した一日を過ごすことができた。前日によく感じる不安は杞憂に過ぎなかった。しかし、中には次に述べるような嫌な思い出として残る日もあった。

当日は晴天、絶好のゴルフ日和だった。楽しい一日を満喫しようと心躍らせカートの発着場に向かった。私を含む四人の男性と初対面、挨拶をする。それぞれ一人で参加した人たちであった。そんな中に、横柄かつぶっきらぼうな態度で挨拶をする一人の男性に違和感を抱き、これからの不安な気持ちが募った。他の二人もその男性を目の前にしたとたん顔色が変わるのに気づいた。

私より、数年年上と思われるその男性は、ずんぐりとした体、真っ黒に日焼けし、大きなサングラスをかけ、パンチパーマの頭と上下真っ白な服装に分厚い金色のベルト、同じ色のきらきら光るネックレスの風体。いかにも近寄りがたい、見るからにこわもての人物だ。心中に、今日の天候とは裏腹に暗雲がたちこめた。そして予感が的中した。

彼のゴルフの腕前は、私より下手であった。何度も自分のミスや思うようにいかないと、鬼のような形相と大声を上げ、クラブを地面にたたきつけ悔しがる。とても声掛けはおろか、近寄るのも憚った。また他の人のプレーについてことごとく注釈めいた文句をつける。他の人たちは、早くも諦めたのか、反論もしないで皆黙ったままだ。とても反論できる相手ではないことを悟ったのだろう。少し離れて二、三回素振りの練習をする私を見つけると「そんなところで素振りするんじゃない」と容赦ない彼の怒声が飛んでくる。しかし、自分は周りの人そっちのけで納得するまで素振りを繰り返す。今日のメンバーは実に穏健な人たちであるが、過去に彼と一緒にプレーした者は何も言わなかったのか疑問だらけである。

その他、数々の無礼な振る舞いが続いたが、ようやく午前中のプレーが終わった。そして本来は最も会話が弾む昼食時間だが、今日はまったく異なる時間となった。彼は椅子に座るや否や、大声でウェートレスを呼びつけ、お酒を注文する。それも驚いたことに、最初にビールを二本、そして食事中に日本酒のコップ酒を数杯追加注文し、瞬く間に飲み干す。気分が最高潮に達するや、今までの自分のゴルフの自慢話をとうとうと一方的に話す。そして次に、ゴルフ以外の話題、それも聞いている私たちが耳を塞ぎたくなるような話がとめどなく出てくる。私自身元来こういうリラックスする席では冗談を交えたユーモアのある話を誰よりも好む性格であるが、彼の話はその範疇を超えた誰もが快く笑えない不快なものばかりである。私たちはただ嵐が通り過ぎるのをじっと待つように時を過ごす。私はこの不快感を午後も味わうのかと思うといたたまれず、途中でやめて帰ろうと何度も考えたが、そうすると、よりいっそう彼は、激しい口調で帰る理由を私に問いただし責めてくるだろうと思うと、悲しいかな決断できなかった。

重苦しい午後のプレーも終了。いつもの風呂も入らず、会計を済まし早く帰ろうと出口に行くと、何と、二度と会いたくないと思った彼と顔を合わせてしまった。しかしあのプレー中の終始苦虫の噛みつぶしたような顔と一転した笑顔で「やあー、今日は楽しかったよ、またやろうぜ」と言うと、すたすたと前方の駐車場へ歩く。そして中でもひときわ目立つ大きな白い外車に乗ると窓を大きく開け、私のほうに向かって手を振りながら凄まじい音を響かせ走り去った。私はしばらくその場に立ちつくし、今まで会ったことのない放漫でわがままかつ図太い神経の持ち主に一日中翻弄された悔しさ、いや、むなしさが脳裏に残り、心身ともに疲れ果てた体に鞭打ち家路へと向かった。

次は、嫌な思い出というより、ほろ苦いゴルフの体験を述べたい。それは、女性の中で唯一男性が私という組み合わせだった。いつものようにゴルフ場に着き、クラブを積んだカートへと向かった。すると私の黒いゴルフバッグの隣にいかにも鮮やかな白やピンクのバッグが三つ並んでいるのを見て驚いた。そして後からやって来たのは、何と女性三名、それも皆三十代と思われる、濃い化粧と鼻をつく香水の香り、華やかな衣装に身を包んだ女性たちであった。私は一瞬少しばかり気おくれしながら彼女たちと挨拶をかわした。そこで改めて、今日は女性三人と私のメンバーであることを知った。いざ、スタートすると、それはもう、女性特有の明るさと騒がしい声が広いゴルフ場に響き渡る。一打ごとにナイスショットの歓声が上がるが、内心、互いにライバル意識のある様子が、それぞれの顔の表情によく表れていた。そして何より驚いたことは、それぞれが上手で、最終的には皆八十台のスコアで回った。比べて恥ずかしいことに私はいつものように百を切るのがやっとであった。感心したのは女性三人のフォームのきれいなこと。顔と服装を見ないでいると、同じフォームで区別がつかなかった。女性なので飛距離はさほど出ないが、正確かつ堅実なゴルフスタイルとマネジメントには感心した。

ハーフが終わり昼食のテーブルに着くときに、彼女たちに劣る自分自身の恥ずかしさと腹立たしさにいたたまれず、椅子に座っても居心地の悪さはこの上ないものであった。

そして、初めて彼女たちの上手なゴルフの理由が明らかになった。食事をしながらも相変わらず賑やかな時間を過ごした。そして、私が最も恐れていた言葉が一人の女性から発せられた。「みなみさん、ゴルフスクールにお通いになったら」私は打ちのめされたごとくの侮辱この上ない言葉にむっとした。しかし、親切心で投げかけた言葉であると無理やりに解釈することで我慢と冷静さをかろうじて保ちながら、「皆さん、本当に上手ですね。何か秘訣はあるんですか」と平静を装い問い返した。すると彼女たちは、異口同音に「私たち、ゴルフスクールに通ってます。もう五年目になります」。また「時々そこのレッスンプロがコースを一緒に回りアドバイスをしてくれるんですよ」という。

なるほど、一つの疑問が解けた。道理で私のようなグリップの正しい握り方すら知らない自己流、加えて月一のゴルフとは違うわけだ。若い女性たちの私を見下す態度には傷ついたが、スクールでのレッスンの内容や彼女たちの練習量を聞くにつれ納得した。そこで、もう一つの私が気になっていることを聞いた。「あなたたちは、昼間何日もスクールに通っていると言いますが、よく主婦としてそんな暇とお金があるんですね」と皮肉をこめて尋ねた。すると「私たちは同じお店のホステスで昼間はゴルフスクールで練習、夜はお仕事、お客さん（社長さんが多い）相手にゴルフの話をもっぱらしてます」と明るい声でのたまう。なるほど、ここで全ての謎が解けた。私にとって、ほろ苦い、かつ貴重な体験の一日となったが、それからは、予約するときには、必ず、女性ばかりではないですねと確かめる癖がついた。日常はきれいな若い女性との会話は歓迎であるが、ゴルフにあっては、敬遠したい。もちろん私の腕に確固たる自信があるならば、そんな心配はまったく無用だが！

最後は今までの駆け込みゴルフで最大の良き思い出となった一日を語ろう。

その日のメンバーは五十代と思われる男性二人と七十代後半に見える男性と私とのラウンドだった。中でもこの七十代の老人とご一緒させてもらったことで、驚くことや学ぶことの多さに今後人生をどう生きるかの指針を教わった。まず驚いたことは、スタート前の自己紹介で七十代と思われた男性の年齢を知って驚愕した。何と九十三歳ということ、目の前にいる背筋の真っ直ぐに伸びた、かくしゃくとした姿としっかりした口調は老いをまったく感じさせないものであった。そして私たち若輩者に、「今日はご迷惑かけると思いますがよろしくお願いします」と言い深々と頭を下げ挨拶する、その謙虚な態度に恐縮した。さてプレーが開始されるや、飛距離は短いが淡々とそしてきびきびとした動作にも感動した。中でも最も感心したのが一日中、一度もカートに乗らず自らの足でコースを歩き通したことだ。

私が第一打を終わるや否や、いつものようにカートに向かおうとするのを見て、静かにしかも優しさのこもった口調で「君、出だしは歩いて、体を温めたほうがいいですよ」と声をかけてくれた。その一声で私は老人（老人と呼ぶのも失礼だが）の後ろを、カートに乗らず一日中歩き通した。それからは、歩くことを常に心がけたゴルフが続いている。

そして、昼食時の老人との語らいは心温まる一時であった。自ら二十年ほど前大病をし、そのリハビリのためにゴルフを始めたこと、今でも足腰の丈夫なことは、かつての陸軍時代、シベリア等の大陸を何キロも歩いたことで鍛えられたのだろうと話された。そして、何と現在は一人暮らしであること、最愛の妻を数年前に亡くし、子どもたちは一緒に住むように誘ってくれたが足腰が立ち自立した生活のできる間は一人で暮らすのが一番だと話す。現在は小さな家だが掃除や家事等身の回りのことを全て自分でしているので、一日の経つのが早いこと、その他、好きな読書や趣味の彫刻、月に一度町内で行われるカラオケ教室への通い等でまったく忙しくて休む暇がないと楽しそうに語る老人に感動した。そして天気の良い日を選んで運動不足解消を兼ねて一、二ヵ月に一度こうしてゴルフに来ているんな方とおしゃべりするのが私の唯一の休日と楽しみですよと言いながら笑う姿に、私は、感銘すると同時に尊敬を通り越した畏敬の念を感じた。

午後も終始笑顔の絶えない時を過ごした。そしてプレーが終了するや否や「皆さんご迷惑でなければ、この後ハーフプレーいかがですか」との老人からの呼びかけには驚き入った。オーケーの返事をしたかったが、あいにく夕方から私用が入っていたので丁重にお断りした。そして、別れ際に、私に近づくと「今日はありがとうございました。またご一緒にプレーする機会があったらよろしくお願いします」。さらに「お互いに今という時間を大事に過ごしましょう」と握手、微笑みながら見送ってくれた。今でもあの柔和な顔が忘れられない。私は改めてこの老人に出会えたことに感謝し満たされた穏やかな心持ちで帰途に就いた。

リタイア後の挑戦

六十四歳にして役者を志す

題名を見ると役者への決意そのものに感じられるが、結論から言うと、敢えなく挫折、断念というお恥ずかしい結果となってしまった。ではその顚末を述べよう。

私は元来、映画や歌が好きである。たぶん芸能通の父の影響が大きいのであろう。

私の生まれたところは何の特色もない田舎町だった。町民の唯一の娯楽施設は駅から数百メートルほど離れたところにある映画館だった。休日ともなれば父に連れられよく観に行った。当時では珍しい共働き家庭であったので、平日であっても、両親の帰りまで私は小学校から帰るとたびたび映画館で過ごした。幸いこの映画館の経営者が親戚にあたる人だったので、私はフリーパスだった。しかし入り口や付近に誰もいないのを見計らって一目散に忍び足で暗い館内に入った。

当時の私は小学生であった。主に観たものは時代劇だった。往年のスターであった中村錦之助、東千代之介、大川橋蔵の主演する映画は私の幼心を惹きつけ、夢中でスクリーンに釘づけになった。内容は全て勧善懲悪のストーリーだ。クライマックスの終了時となると周りの大人たちが声を張り上げながら盛大な拍手をする。私もつられて小さな手を懸命にたたく。そしてその余韻は醒めることなく二、三日は主人公の役者そのものになりきっていた。残念ながら父の転動に伴い他の町に行ってからは映画を見る機会が少なくなった。けれども少年時代に感動した、あのスクリーンの中で活躍する俳優や、その後のテレビ等で見る役者の一挙一動に感動そして勇気をもらうにつけ、将来はあの画面に登場し自らの演技で人々を魅了する役者（俳優）になりたいと思う気持ちが募った。

しかし現実は紆余曲折を経て、私は教師という職業につき、数年前に定年リタイアした。そして燃え尽き症候群のごとく生きがいを失い、暗中摸索の日々を過ごしていた。今果たして何がやりたいのかを自問自答している中で浮かんできたのが、少年時代の思い出の場面に出てきた役者（俳優）になりたいと言う気持ちだ。元来、何事もせっかちで猪突猛進の性格である。即、ネットで検索、都内の芸能スクール（芸能学院）を見つけた。そしてスクールでの授業内容や応募について目を通した。そしてスクールに送付した写真等を含む書類の第一次審査、何日か後で行われた面接と実技（歌など）の第二次審査に合格、晴れて某劇団の一員となった。学院（スクール）側からは入学手続きや出演契約書の説明があった。私は一瞬、演技の初歩も分からない素人がいきなりタレント（俳優？）になったような錯覚に陥った。しかし現実に戻ると年金生活者にとっては、高額な入学金、加えて月ごとの授業料が控えており経済的には苦しいものであった。そして二年近く経った現在、残念ながら退会することになった。振り返ると、最初の出発点から違和感を抱いた。まず選考試験という名ばかりで、果たして不合格者がいたのだろうかという疑問が湧き上がってくる。学院自体の利益第一がねらいではなかったのかということ。当初の出演契約書の熱心な説明の中でも、あたかも俳優等として活躍している人物が多く所属しているかのごとき錯覚を我々に与えるような担当者の説明。しかし事実はタレント、俳優として活躍している者は、ほんの数えるほどで、多くは、エキストラ、それもままならぬ実態であることを通い始めて徐々に分かった。

そして最も大切なレッスン指導にあってあまりにも理不尽で不適切なことに対して怒りが込み上げてくるのだ。その具体的な事実をこれから述べたい。

まず学院に合格、年甲斐もなく俳優の第一歩を踏み出した嬉しさと、やるぞという意欲に溢れ、楽しみを胸にレッスンを受けることになった。修業期限は二年間、レッスンを修了するとプロダクション専属タレントとして再度契約を行うということだ。体の動く格好が必要ということで、新たに上下のジャージと室内で履く運動靴を購入する。三十代後半の男性講師のもと、発声練習、言葉の滑舌を磨くことや腹筋等を鍛える運動が始まった。中でもきつく感じたのがあの「外郎売り」を一週間で暗唱することだ。若い人たちと違い、なかなか覚えられず悔しい思いをした。慣れないことへの挑戦ばかりだが何とか一年近くの期間を終えることができ、苦しい中にも毎回、課題を達成することによる充実を感じた。

そして次は担当講師が変わり、本格的なお芝居を即興で行うこととなった。何名かの講師の中で一人を選び受講するということで、パンフレットの顔写真を見て四十代の凛々しい顔つきの講師を選択、次の段階に出発した。年齢も異なる男女十名の受講生からなる一クラスであった。初対面から何でも話し合えるような仲間で年長者の私もほっとし、今後の楽しみを予感させた。しかし次に述べる講師との関わりが私の希望、意欲を打ち砕くとはこの時点ではまったく予想できなかった。

講師は、まず私たちを適当に三つのグループに分け、与えられた題で即興芝居をさせた。私も必死の思いで年齢のハンデを見せないよう演技に挑戦した。しかし講師は容赦なく全員へダメを出す。それも、ヒステリックな怒り方である。時には意味不明な笑いを浮かべ、過去の自分の演技やその他さまざまな自慢話を毎時間とうとうと話す。また感情の起伏の激しさには驚いた。そのうちに、二、三名の生徒には褒め言葉を伝えるが、他の生徒には褒めることや共感的、受容的な言葉は皆無で叱り方も狂気じみた表情で返ってくる。中でも私などは下手な部類に属していたので暴言にも似た言葉が常に浴びせられる。しかしこのような厳しさに耐えてこそ演技が向上することを講師は意図しているんだと思い直し頑張っていたが、日を追うごとにその指導に疑問を感じていくことになる。何回かの授業の後、講師はグループを上手な人のグループ、その次のグループ、そして下手なグループと構成した。私は最後の下手なグループに指名された。もちろん私より皆若い仲間の動きや表現力に劣ることは自覚していたので反発はなくむしろ、よし頑張って上のグループに行くことができるようにと考え、罵倒されながらもありがたいと言う気持ちを持ち続け、家に帰っても人一倍セリフの練習をし授業に臨んだ。そんな厳しい練習が数ヵ月続いた。しかし講師は、私たち下位グループの生徒には常に威圧的で見下したような言葉を連発する。傷つきいたたまれなくなり他のクラスに移る女性もいた。私自身も、温かさ、思いやりのかけらも見られない指導に徐々に失望を抱きつつあった。そして最大の疑問をこの講師に感じたのは次のことである。前述のごとく生徒の気持ちを逆なでする暴言の数々はもちろん、何と一時間の授業そのものがほんのひとかたまりのすぐれた能力のある者中心の指導であることに気がついたのだ。自ら決めた上位のグループの演技指導には並々ならぬ力を注ぎ、そうでない他の生徒には残りの数分足らずの指導で終わる。まるで能力のない生徒は諦めたと言わんばかりの指導なのだ。私のような演技力がもう一つ、力不足の者であっても、努力し少しでもその成果を先生に認めてもらいたいという気持ちで必死に通っているのに、演技する時間も講評もほとんどないとあっては何を拠り所にして良いのかむなしい気持ちでいっぱいだった。改めてこの教室は、ほんの一部の生徒中心の授業を行い、一方、排除された生徒は居場所がないという実態。私は教育の恐ろしさを目の当たりに見た。教える者としてあるまじき許せない資質をこの講師から見てしまった。

そして、ついに覚悟を決めた瞬間がやってきた。私の最後の授業となった時間だ。不注意にも私の携帯電話が授業中鳴り始めてしまった。教室に入る前に必ずマナー、または切ることを励行していたがうかつにも忘れてしまった。なり始めると同時に即切ったが、その瞬間講師の逆鱗に触れた。教室内に轟くような大声で私を罵倒した。そして全員に土下座して謝れと怒鳴った。当然私の過ちなので皆に心からお詫びし謝罪した。しかしその後の講師の言葉が私の胸に突き刺さった。

「演技の下手な者はまったくどうしようもない」。その言葉に周囲の仲間もおびえ、瞬沈黙の時間となった。私は彼の感情の激しい起伏にはさほど驚くことはなかったが、この言葉を聞き、内心、この人に教えてもらうこと、今後ついていくことはもはやできないと決めた。他の講師の授業を受けると言う選択もあったが、学院内にこんな人格を無視する講師が他にはいなくても、現実として彼のような人物を教育者として雇用し運営をし続けるこの芸能学院そのものへの不信感を拭い去ることはできなかった。

翌日、事務所を訪れ一身上の都合で退会する旨を伝えた。そして一部の生徒優先の授業等にもひたすら我慢し、未来の役者を目指し努力している若者たちが何とも哀れな気がしてならなかった。私自身第二の人生としての夢の挑戦に挫折することになり、意志の弱さと一抹の後悔を感じる日がしばらく続いた。しかし二年近くレッスンに通ったことは私の人生にとって大きな収穫でもあった。その一つとして今までテレビや映画を観て安易に俳優等を評価したり、また簡単になることができると錯覚したりすることはなくなり、彼らの映像に映るまでまた脚光を浴びるまでの懸命な努力の一端を知ることで、彼らを見る目がまったく変わった。次に、同じレッスンを受けた仲間たちとの帰り道、反省会等を兼ねて近くの喫茶店でおしゃべりしたことが非常に楽しく、若者からシニア世代の人たちとの出会いは有意義なものであった。特に若い人たちとの語らいは刺激的でこの上ないアンチエイジングとなった。そして何よりも彼らの未来の向上、目標達成のためにも、厳しさと同居する思いやりと愛情を備えた指導者に遭遇することを切に祈りたい。

最後に改めて感じたことは、所詮私は落ちこぼれかもしれないということである。他の生徒はあの厳しく冷徹な指導に耐え懸命に稽古に励んでいる。彼らの技術が向上し、たくましい精神力が培われ、やがて脚光を浴びる存在になったときには現在の講師の教えに感謝する者もいるのだろう。そう思うと批判に終始する自分は犬の遠吠えに過ぎない。心の片隅にリタイア後に趣味の延長である部分もあったのか、生活を賭けるほどの必死の努力を果たしてしていたか疑問である。そう考えると今まで一方的に講師を批判していた自分が恥ずかしくもある。

さあ、次なる生きがいを見つけるべく前進しよう。

シニア講師を目指す

私は定年後燃え尽き症候群となった。加えて家庭のもめごと等が重なり、まったくやる気なし、体調も崩し、生きがいのない生活に陥った。そんな暗闇の生活から脱するきっかけとなったのが一枚のチラシであった。それはシニア団体の催し物で、それぞれの人生体験をもとに得意なジャンルで三十分程の講演をするという内容だった。聴講は無料である。私は何気なくそのイベントに興味を持ち行ってみることにした。二日間連続の講演は市民会館のホールで行われ満席の状態であった。朝の十時から昼休みを挟んで四時過ぎまでに十人のシニアの熱い講演が始まった。演題は「認知症の予防」「ウォーキングの効用」「海外旅行体験記」「マジックの楽しさ」「フラメンコに魅了されて」「歌と踊り」「ゴルフ上達法」など。興味をひくさまざまなテーマと、失望させない内容の講演が始まるにつれ、私の胸は徐々に熱くなった。目の前の熱意溢れる話や歌、踊りに圧倒された。講師は全て私と同様現役をリタイアした人たち、中には高齢と思われる人も何名かいたが、そのハツラツとした姿に、今まで感じたことのない衝撃が体中を走った。二日目も期待に背かない素晴らしい講演の連続で、あっという間の一日が終了した。閉会の会長の挨拶を聴きながらしばし余韻に浸っていた。そして会場を後にするときに勇気を出して会長さんに声をかけた。七十代後半であろう。優しそうな笑顔を満面に湛えた表情で会長さんは、私の問いかけに気さくにかつ丁寧に答えてくれた。自分が主催者であるこの会は、十数年前に定年後の人が中心に集まり、今まで学んだこと培ったものをもとに地域等へ出向き講演をする、いわゆる講師を目指す集団であるとのこと。中でも「健康生きがいづくりアドバイザー」の資格を取得した人が多く、今では百名を超える団体となり、いろんな場所で講演活動をしているということ。今回は、年に一度の会員を代表してのプレゼンテーションであるという話をしてくださった。そしてこの会に入るには毎年五月に行う講師デビュー塾を受講することを会則にしているなど分かりやすく説明してくれた。私は二日間の講演の感想とお礼を述べ、名前と住所を知らせ会場を後にした。帰りの電車の中で、リタイアしてからとっくに忘れていた感動というものが再び蘇り、体がほてりどうしようもなかった。とっさに私の今後の進むべき、生きる道はこのシニア講師であることを確信した。数日後、あの会長さんから手紙が届いた。内容は、是非会員となり講師を目指しましょうと言う文面だった。またあの「健康生きがいづくりアドバイザー」の取得を促し、そのための手段等も記してあった。私は感激した。初対面の私を覚えていてくれたこと、そして手紙までくださったことに驚きと感謝の気持ちでいっぱいとなった。早速関心のあった「健康生きがいづくりアドバイザー」の取得に向かった。健康に自信をなくし、加えて生きがいを持てない現在の自分にとって最も必要なものがこのネーミングにこめられていた。

月に数回都心の本部で資格を取得するための講座に通った。少人数ではあったが、受講生はリタイアした者をはじめとして、さまざまな職種の現役で働いている人たちも含む集まりであった。研修はもとより休憩時、昼食、そして一日の受講終了後に彼らと話し合うことが非常に楽しく、私はいつの間にかあのうつうつとした気分から抜け出し、再び充実した日々を取り戻すことができた。資格取得後、あの講師会に入会、現在は、講演の技術の向上に努めている。

しかし、テーマの設定、内容のありかたなど常に聴く人を惹きつける講演とはどういうものかを考えると、その答えを見つけることの難しさを日々感じるこのごろである。そこで私はまずプロの、それも人気講師の講演をいくつか聴くことを心がけた。そして人気講師の講演に共通するものが分かってきた。それは次のようなことである。

まず冒頭で必ず聴講者の心をつかんでいるということだ。初めに「今日の話は楽しそうだ」「役に立ちそうだ」と思わせること、最初の五分で聴く人の心をつかめるかが勝負だ。そのためには最も自信のあるネタを持ってくることだ。

そして本題に入る。ここはドラマと同様に感動と適度の笑いを入れた話をしている。特に聴講者の興味関心のある事例を随所に入れる。それも自分の体験談、中でも成功例より失敗談を多く入れ聴講者が共感できるような配慮がされている。

そして最後の締めは冒頭同様、非常に重要である。最後の締めで聴講者が持つ印象が大きく変わる。講演内容に沿ったメッセージや格言で終わる講師が多かった。

その他感銘を受けた講師の共通点として次のようなことが見られた。

まず外見だが、それなりにオーラがある。何も高級なスーツや奇抜なファッションが必要ではなくとも、清潔感のある服装は必須だ。みすぼらしい格好の講師からは聴く気持ちが起きないものだ。次に大事なこととして、時間を厳守することである。講演時間が延びることは避けるべきであり、素晴らしいと感じた講師は全て時間通りに終了していた。

蛇足だが著名な学者である講師の講演を聴いている中で私自身不愉快な感じを抱いたことがあった。時々演台に置いた腕時計を手にし眺めていたのだ。時間の配分に考慮していることは分かるが、あまりにも時間を気にするしぐさを見せられると話に集中できなくなる。さらに驚いたことに講演途中でスーツの内ポケットから携帯電話を取り出しちらっと見る様子には嫌悪感さえ覚え、早く次の予定の場所へ移動してほしいと思った。

いずれにしても講演依頼がなければどうしようもない。世間では各分野で実績を上げた人、成功し有名になった人にはあまたの依頼がくるが、名もないリタイアしたシニア講師の講演機会は限られている。しかし第二の人生として講師を目指した以上私の話を聴いてくれる人が「感動した」「目からうろこが落ちた」「いい時間を過ごした」と言われるような講演を目指し日々研鑽に励みたい。

研修仲間

「おはようございます」何とも言えぬ甘い香りが教室内に漂う。今や彼女の出現は一日の始まりになくてはならないものだった。

資格取得のために都心まで通い始めたが、朝の九時から夕方の五時までの研修は、定年退職後の不規則極まりない生活の私にはきつい日程であった。狭い部屋には、年齢はもとよりさまざまな職業に携わる男女が集まっていた。

幸い初日から数名の受講生と懇意になった。座席の近さもあったが、昼食時の雑談が私たちの互いの心を解放してくれた。中でも印象に残った三名の人物について話してみる。

最初の人物は本文の冒頭にも登場するMさんという女性である。今回の最年少の受講生である。プロポーション抜群、ポニーテールの黒髪につぶらな瞳と笑うたびにくっきり出るえくぼが非常に魅力的な女性だ。つい最近までアメリカに留学、大学院を終えて数年ぶりに帰国、今でも夢の中の言語は英語だと話していた。将来は高齢者の支援活動に取り組みたいと話す顔は輝いている。そして授業の合間にさりげなく、私たちの机上にのど飴を置くなどの気配りに、昨今失われつつある思いやりや謙虚さを強く感じたのは私だけではなかったはずだ。

次に二名の男性を紹介したい。まず私の前に座るIさんである。三十代の長身で人当たりの良い今風のイケメン青年だ。こぼれるような笑みで早口でしゃべる、その如才なさが目についたが、不思議とそんな対応にありがちな嫌味はまったく感じなかった。久しぶりに聞く彼の関西弁が私に懐かしさと同郷人という親近感を抱かせたのが大きな要因だった。差し出された名刺には、外資系企業の営業マンとあり、如才なさが板についているのも納得した。また彼の多彩な趣味と活動の多さを知った。中でも今まで百回を超える結婚式の司会、そしてサンバチームの代表という意外な顔には驚いた。土、日曜日は結婚式の司会、またはサンバチームを率いてのイベント等の参加でまったく休みがないほどの充実ぶりだと話す。退職後の無味乾燥な日々を過ごす自分と比べて、仕事と趣味を見事に両立させ、人生をエンジョイしているIさんに衝撃を受けると同時に羨ましさと嫉妬さえ覚えた。そして彼が未来にするであろう無限大の飛躍を想像した。

もう一人は、最も私と行動をともにした五十代半ばのT氏である。渋みと威厳を感じさせる人物だ。渡された名刺を見ると大手企業の人事部長とある。いかつい顔と眼鏡の奥の鋭い目が第一線で働く男の顔を物語っている。しかし話しぶりは柔和で、人の話をじっくりと聞こうとする受容的な態度と、常に年上の私を気遣う言動に、いつの間にか兄弟にも似た温かさ、親近感を持った。受講終了後の夕食をともにし、人生観やさまざまなことを真剣かつ冗談を交えて話し、時の経つのを忘れてしまうことがしばしばであった。中でも三年前にガンを患い、克服してからの人生観の転換と、その後の生き方への方針等、とつとつと語る彼の考えに深く感銘し年下の彼に尊敬の念すら感じた。また、帰りの電車の吊革にもたれながら、ほろ酔い気分でとりとめない話を二人でするのもこの上ない楽しみであった。

そして、研修が終了。短期間であったが、私にとっては充実そのものであった。ともに学び、語りつくした仲間との別れに、込み上げる寂しさをこらえることができなかった。

古希を過ぎ講師養成講座に通う

何とか人の心を動かす講師になりたいというのが、私が今、最も願っていることである。日々、講師としての技術の向上、集客の方法等を模索しながら書店などでそれらに関する書籍を購入し読みあさる。そんな中で講師として成功する手だてを著者の体験に基づき体系的に詳しくそして分かりやすく述べている書物に出くわした。

元来、私の性格は猪突猛進、悪く言えばせっかちである。頭の中ではもう、その著者に会いたい、教えを受けたいという思いが止められない。早速インターネットで調べてみる。何と幸いにその講師が指導する養成講座が東京と大阪で開催されていることを知った。その講座内容も私が学びたいと思うものばかりだった。五日間の講座で、受講料は私にとっては少し高いものだったが、即申し込んだ。

そして一日目の講座が始まった。都心の駅前にあるビルの一室が研修室であった。定員十名ということで、果たしてどんな人たちと五日間過ごすのだろうかという不安と期待の入り混じった気持ちで部屋に入った。私以外の九名はすでにそれぞれの席に座っていた。

狭い部屋は熱気がこもり熱く感じた。私は空いている席に座った。受講前に挨拶を兼ね互いに名刺交換をした。前に立った講師は著書の中で述べられている人物そのままで我々に笑みを浮かべて話し出した。一瞬で、この講師なら私の願いや疑問に答えてくれる最適の人物であることを直感した。あっという間の初日の講義が終了。その後近くの居酒屋で講師を交えての懇親会。そこではざっくばらんな話に花が咲いた。それぞれの自己紹介をもとに現在の生活等を知ることができた。中でもリタイアしている者は私だけであり、最年長であった。隣に座った男性は、五十代の働き盛りで勤務していた会社を辞め、自分のやりたいことを生かすための手段として今回の受講を希望したという、饒舌でバイタリティー溢れる好感の持てる人物だ。また女性の一人は社内研修の講師を任され講師としての技術習得のため自費で参加したという。いずれにしても今後人前で話したりセミナー講師を目指したりする意欲に燃えた者たちの集まりで、その志と意気込みに圧倒された。

家に帰り、再度講師の著書を読み返すとよりいっそう講座の内容が理解できた。中でも「一流のセミナー講師は五部構成でシナリオをつくる」という箇所などは印象的だった。五部構成とは①自己紹介　②本日のゴール　③問題提起　④ノウハウ　⑤まとめ　というシナリオである。私自身は今まで漠然と、始めと本題、そしてまとめという形の話に終始していた。例えば講師の述べる①の自己紹介は「現在―過去」の順番で伝える。現在（今何をしているのか）を具体的に話し、次に過去（これまで何をしてきたか）を経歴を箇条書きのように伝えるのではなくストーリーで伝えること。また③の受講生の抱える問題を気づかせる「問題提起」をすることなどの指摘は未熟な講演を行っていた私にとっては目からうろこが落ちるような発見であった。残された研修期間をこの若い人たちと学び自らの疑問等を解決できることを大変嬉しく思った。

一日目の研修を終え充実感に満たされていた。改めて何かを目指すのに「もう遅い」ということはないと思った。何かをやりたいと思ったそのときが出発点だ。そして明日の予定のあることが希望となり、今日一日を生きることに充実感と張りを与えてくれる。これからもやりたいことを見つけ、生きがいづくりに日々挑戦したい。

日々の雑感

小池都知事の顔

平成二十九年二月

今、テレビの画面に登場する人物として最も多いのが東京都の小池知事であろう。一日とて顔を見ない日がない。改革を掲げ都知事に立候補し、圧勝。そして現在、豊洲市場の移転等さまざまな難問を抱えながら、過去の膿を出し、浄化に邁進する懸命な姿勢が圧倒的都民の共感を得、支援、信頼を生んでいる。国政でも大臣等を経験し名前と実績を上げた人物である。今更驚くほどの活躍でもない。

私自身は都民ではない。故にさほど、都政には関心がない。むしろ、数年後のオリンピックを世界に発信するにあたって、日本、とくに東京の印象をいかに世界の人々に伝え、焼き付けるのか、その準備等に大いに関心がある。

本題に戻って、ここで、もはや見慣れた小池さんの（あえてさんと呼ぶ）顔について、私見、偏見を交えてその思いを述べたい。

まず小池さんの私的な顔は見ることはほとんどない。おしなべて、政治家は私的な生活の様子はあまり報道されることはない。家族構成、家族との生活の様子などは知らないことが多い。小池さんも同様、その部分は謎に近い。ただ、独身であることは真実のようだ。

そこでここでは公に出てくる小池さんの顔の印象を語りたい。何度も言うが毎日テレビに映る見慣れた顔だが、さりとて、飽きない顔である。もう見たくないと拒否したい顔ではない。いわゆる絶世の美人というわけではないが、ふくよかな顔、目鼻立ちのはっきりした、特に大きな目とあの歯切れ良い話をする口が印象的である。加えて黒々と（染めているのか？）しかも艶のある髪の毛が何ともすがすがしい。中でも時折見える美しいうなじは女性の色気を強烈に感じさせる。結論を言うと美人の部類に入る人物だ。

次に顔の表情であるが、今までの政治活動で百戦錬磨だったであろう勇士の顔つきも見せる。

例えば、嫌なこと（鋭い質問）や窮地に立たされても、決して興奮し、切れる表情を見せたことがない。常に前を見据えた冷静な受け答えが周りの者を安心させる。そしていざ決意表明や物事を推進するときに発する言葉は力強い。そしてきりっと引き締まった顔となる。しかし、リラックスし冗談等をつぶやくときは口元が上がり、さも愉快という表情に変わり、周囲を和やかにする。つまり温かさと冷静さ、厳しさと人なつっこさが同居し、うまくバランスが取れている。そんなところが何度見ても飽きない顔といえるゆえんだろう。また私には、あるときは彼女が肝っ玉母さん、あるときは包容力のある優しい、姉さんそしてふと垣間見る女性を感じさせるしぐさには、同年代の私には何とも不思議なかつ魅力的な人物として映る。

最後につまらない想像だが、彼女の毎日異なる洗練された素敵な服装を見るたびに、自ら給料を減額した中での服装代金のやりくりは大変であろうとたわいない心配をしてしまう。それほど、彼女の存在はテレビの画面を通して認識されている。

帰郷

充実感に満ちた三十七年間の勤務が終わった。定年後一年間は、関連機関で働いていた。しかし、私にとって、新しい職場は苦痛そのものだった。加えて予期せぬいくつかの私的な出来事に遭遇。心も体もぼろぼろ。常にのしかかる不安と、落ち着きのない暗中模索の日々。そんなとき、ふと、平生は思い出すこともなかった、少年時代の日々が脳裏に蘇ってきた。楽しく充実した故郷が浮かんできた。生来、せっかちな性分である私は、もう居ても立ってもいられなかった。早速休暇を取り、何十年ぶりかの帰郷となった。今になって思えば、得体の知れぬ不安からの逃避と癒やすべき何かを見出す手段であった。

故郷には、小学五年生まで暮らしたに過ぎない。しかし、思い出は山ほどあった。日の暮れるのを忘れ、魚獲りや泳ぎに夢中となった川。父と一緒に急な坂を一歩一歩歯を食いしばりながら登ったみかん山。当時では珍しい共稼ぎの母の帰る時刻を待ちわび、一目散に迎えに走ったただっぴろい駅。また、親戚が経営する町唯一の娯楽施設である映画館。そこで時代劇に胸を躍らせたこと。いつも憧れの先生のそばから離れなかった小学校での生活。楽しく充実した思い出が、とめどもなく蘇ってきた。

故郷を離れた原因は、東京へ出てきて数年後に分かった。政治家であり、人の良い祖父が、請われて多くの人の保証人になったこと、ねんごろにしていた人からだまされ、気づいたときは、田畑や屋敷も抵当に入ってしまった。息子である父にも被害の及ぶ恐れありということで、逃げるように私たちは故郷を後にした。全てが法的に解決するまで、数年の月日が経った。両親は、事の詳細を私に話さなかった。急な転居、都会の狭いアパート暮らしと、あまりにも異なる境遇に悶々としていた私も、成人になって初めて納得できた。東京での両親の苦労は並大抵のものではなかった。特に、父の失業時にも働き続けた母の姿を目の当たりに見ながら育った私は、いつか親孝行したいと思っていた。しかし、その母もすでに他界した。悔やみきれない思いでいっぱいだった。どうしても母を連れてもう一度故郷に帰りたかった。

晴れない心の私は、車窓から見える景色に何の関心もなかった。

まばらな客を乗せた電車がようやく着いた。久しぶりに見た駅は、やけに、こぢんまりし、駅からの眺めに、昔の面影を見出すことができなかった。しかし、まばらな家並みを通り抜け、しばらく歩くと、前方には、深緑の葉に黄金の実をちりばめた、あの懐かしいみかん山が現れた。山を仰ぎ見ながら歩き続けると、静かな響きとともに悠然と流れる川が見えた。この場所で日暮れまで、新たな発見に夢中になった少年時代に一瞬戻った。ふと我に返り、目的とする生家へと道をたどった。しかし、そこには、昔の面影の生家はなく、他人の家となっていた。あまりにも長い間、帰らなかったことを後悔した。

しかし、今こうして立ちつくしているところはまぎれもなく私の生まれた場所である。ふっと数十年前の無邪気な自分に戻る。毎日を夢中で過ごし、夢と希望に溢れた日々。もはや懐かしい生家はないが、山や川、母校やお寺、駅等は昔のままであった。そして、何よりも癒やしてくれたのは、故郷特有の空気、そして、光であった。それらは、傷心の私を優しく包み、勇気づけてくれた。一瞬、感謝の気持ちと同時にどっと生気が溢れてきた。

私は、新たな出発を誓って故郷を後にした。帰りの車窓からの眺めはどこまでも美しかった。

台風雑感

夏の終わりを感じるころ、決まったように、台風発生のニュースが流れてくる。テレビの中の真剣な表情で台風の進路について報道するアナウンサーの言葉を聞きながら、私には、いつも気になることがある。「台風の目が現在○○地域にあり次第に大きく強まりながら、明後日にも九州南部に上陸するでしょう」などと話す中で何度も出てくる「め」という言葉である。不謹慎とは思いながらこの「め」という言葉を聞くと、あのジャガイモの「芽」を連想してしまうのだ。そして、緊迫感が薄れむしろユーモアすら感じてしまう。よりいっそう緊張感や警戒心を促すものとして、別の言葉、表現がないものかなど、実にくだらないことを考える自分に呆れてしまう。台風被害の少ない埼玉に住んで数十年。あの少年時代に体験した牙をむいて襲ってくるような凄まじい台風に長い間遭遇していない、危機感、不安のさほどない、今の自分を改めて知った。

私の生まれは、紀州、和歌山の小さな町である。紀伊半島の北に位置するのどかなところである。町の南側に、いつも時空を超え、悠然と流れる紀ノ川が象徴的だ。しかし、そんな静かな川も台風が来ると、一変、不気味な低いうなり声を上げ、どす黒い化け物となる。そして川が氾濫、民家を襲う。

私も何度もこの怖い台風との出会いを体験した。台風接近の知らせと同時に幼い私を含む家族全員でそれぞれの役割を分担し、雨戸の点検、隙間風の入る箇所に薄い板を打ち付けるなどし、万全の準備をする。そして、台風の通過時は夜を通して、ただひたすら、家の中で息を殺して暴風の通り過ぎるのを待つ。

幼心に怖さはあったが、不安は感じなかった。というのも、非常時であるが故、いつもより両親に深く見守られているんだという安心感と、日頃は感じることのない家族の絆、一体感なるものを強く意識した瞬間だったからだ。また、台風が来ると学校が休みになるという秘かな楽しみもあった。

一方、高学年になり友人関係等で挫折し、悩み落ち込んでいる最中に、台風が来たときなどは、不思議と安らかな気持ちになった。絶望感に陥っている自分を一時癒やし、諸々の悩みを忘れさせてくれることに感謝し、いつの間にか冷静になっている自分がいた。

そして、親から離れ、都会での一人暮らしの折に遭遇した台風は、また別なものだった。古い木造アパートの狭い一室の至るところから、ガタガタと不気味な音を立て、部屋全体が揺れ、今にも崩れそうな恐怖が私を襲う。あの風邪をひき高熱を出しながら一人で寝込んでいるときのいたたまれないほどの寂しさ、不安とも似ていた。

私にとって台風の季節になると、それぞれの台風を媒介として過ぎ去った時代（自分）が今でも鮮明に蘇ってくる。

散歩と体操の効用

私は、数年前から散歩と軽い体操を日課としている。動機は、今話題の健康増進（維持）の一環ということもある。だが、最大の目的は、朝食がまずいというよりもまったく朝は食欲なし、故に昼食を大量に食べ、胃腸の調子が年中芳しくないのをどうにかするためだ。もう一つ、首と肩の痛みを何とかしたいと言う思いに駆られ、朝食前の散歩を考えた。

起きると、まずコップ一杯の水を飲み、そそくさと運動靴に履き替え外へ飛び出す。ひんやりした風が眠気を覚ます。そして一キロ先の公園までテクテクと歩く。公園に着くといつものように自己流の体操を十分程する。内容は、首回しに始まり続いて腰、足をゆっくり回す、そして、お相撲さんになった気持ちで四股を三十九回踏む。この回数は英語のサンキュウという言葉と響きとともに勝手に良い数字と解釈し行っている。四股を踏み終わった後は、ゴルフの素振りをまねて両手で右から左へ二十回上半身と腰を回転させながら腕を振る、そして逆に左から右へと同じく行う。それが終わると蹲踞《そんきょ》の姿勢で左右の腕を使い円を描くように二十回ずつ大きく回す。次は足を肩幅に開いて立ち、両腕を前後に勢いよく三十回振る。そのころには額や脇下に汗がじわっと出てくる。最後は軽くジャンプを三十回ほどして自己流の体操は終了する。

本などからの引用ではなく、何となく体を動かしている中で最も気持ちが良いと感じた動きの組み合わせがこの体操となったのである。数年前に肩や首が痛くて日常生活にも支障が生じ、病院を渡り歩いたり痛み止めの注射や処方された大量の薬を飲んだりと、いろいろ試みたが一向に良くならなかった。自分で治そうと決意し、先程の体操を最初は軽めに行い続けるうちに、何とあれほどの鈍痛とそれに伴う憂鬱な気分が徐々に消えていき快調な日々となった。そして私が欲した朝食も人並みに、一切れのパンと牛乳、ハムとヨーグルトの軽食を残すことなく食べることができるようになった。

只、散歩と運動（体操）の直後の朝食のために血糖値が上がるのか、午前中、しばしば睡魔におそわれることがリスクかもしれない。さらに一日家にいるときは、夕食前に書店巡りを兼ねて三十分ほど散歩している。雨降りの日を除いては歩くことと自己流体操は日課となった。いずれにしても、食欲を出したい、首や肩の痛みを取りたいと言う動機から始めた私の散歩と体操は、体にうまく適合したようだ。

話題を少し変える。散歩の途中でいつも寄る公園であるが、早朝から毎日高齢者の人たちが集まり、ゲートボールで賑わっている。さほど広くもない公園を独り占めしゲートボールに興ずるお年寄り（いずれ仲間入りするであろう）の元気な姿を好ましいと思いながらも、気兼ねしながら公園の片隅で体操することに少しばかり腹立たしさを覚える。

さて、毎日の散歩と体操が少し辛いなと感じるのは、凍てつくような真冬の朝だ。しかし不思議なもので意を決して玄関を出て公園に着き、例の自己体操が終わるころは、辛さはまったく吹っ飛び、快い汗とともにさわやかな気持ちで家を目指す。そのことを通して、誇張した言い方だが、歩き、体操をすることで、寒さに打ち克ったという充実感と達成感が、元来精神力の弱い自分を少しずつ強くしていると実感する瞬間である。

就寝前の唱え言

元来、幼いころから甘ったれ、かつ依頼心の強い性格は成人してからも変わらない。そんな自分自身の嫌な性格を少しでも変え自立心、そして強い精神力を持ちたいという思いは青年時代から強くあったが、残念ことに今（シニア）となっても改善には至っていない。

そこで、私なりに心を強くする手段として、啓発書のたぐいの書籍を多く読むことにしているが、その中でも感銘を受けたものは中村天風に関する書物だった。波乱万丈の人生体験から生まれた彼の言動は感動の連続だった。中でも発せられる氏の言葉に深い感銘を受けた。特に次にあげる言葉は金言、至言として私の心に焼き付いている。

「人生は心ひとつの置きどころ」
「欲望には苦しい欲望と楽しい欲望の二色がある」
「今日一日怒らず怖れず悲しまず」
「良いことはまねをしなさい」
「病は忘れることによって治る」

「できるだけ積極的な人と交わりなさい」

また日常の心得として、悲しいこと、腹の立つこと、気がかりなことなど消極的なことは寝床の中に一切持ち込まない、などの心がけを促す氏の体験から出るさまざまな言葉は、現役時代の私の、ときとしてくじけそうな心等を退け、奮い立ち勇気づける働きをしてくれた。

そして、十年程前から、天風先生の発する言葉の中の、最も印象に残る言葉を小さな半紙に書き写し寝室の壁に貼っている。そして寝る前に唱えている。

〈力の誦句〉

私は力だ
力の結晶だ
何ものにも打ち克つ力の結晶だ
だから何ものにも負けないのだ
病にも運命にも、否あらゆる全てのものに打ち克つ力だ
そうだ！

強い強い力の結晶だ

未熟な故に失敗することが多々あり、嫌な気持ちを引きずりがちな私であるが、このような言葉を唱え、就寝につくように努めることで常に早い眠りを獲得できるようになったと思う。

心の免疫力を高めよう

私は元来ストレスには強い方ではない。嫌なことと辛いことに遭遇するとたちまち落ち込んでしまう。そして体への影響が大である。特に胃腸の調子が悪くなる。心と体は表裏一体、体が安定すれば心も安定するといわれる。私の場合は「病は気から」というようにストレスに直面すると即体調が悪くなる。しかし幸いなことに忘れることも早いせいか、長く悩んでいると言うことはなく、いつの間にか消えてしまうことが多い。しかし悩んでいるときの辛さ苦しさは人一倍だ。そこでいつもストレスに強い心をつくり、持つにはどうしたら良いかを考えている。つまり心の免疫力を高める手段方法はないものかを模索している。そして結論に至ったことは、自律神経のバランスを崩さないことが大事であること。そこで免疫力、特に自律神経に関する書籍等を読んでいくと、この自律神経には緊張の神経と呼ばれる『交感神経』とリラックス、安らぎの神経と呼ばれる『副交感神経』の二つがあり交感神経が優位になると緊張状態となり免疫力が弱まることが分かってきた。そしてこの二つの神経バランスが崩れるとさまざまな不調に悩まされる。そしてこのバランスが崩れてしまう最大の原因がストレスである。そこでこのストレスを解消するすべを身につけることが、イコール「心の免疫力」を高め、体の病気を防ぐことになると考えたのだ。そして私は改めてこのストレスを解消する手段方法を考えてみた。次にその解消法を述べてみる。

一つ目として「笑うこと」である。笑う門には福来る。笑い上戸は長生き上手といわれるように笑うことは副作用のない特効薬である。笑うことでNK細胞が活性化し、ガン細胞をやっつける。落語や漫才を聞く、お笑い番組を見て笑う、こういう行為が免疫力を上げる。よく笑う人ユーモアのある人は、おしなべて長生きしている人に多い。

例えば、百十五歳まで長生きしたと言われる徳之島出身の泉重千代さんは、毎晩誰かを呼んで笑いながらお酒をたしなんでいたそうだ。また泉さんが日本で最高長寿者になったときにインタビューで「泉さん、現在の日本にいる女性ではどんな人が好きですか?」という問いに、開口一番「そりゃあ年上の女性だ」と答え、泉さん以外に我が国に年上の人は誰もいないと知っていながらのユーモアが周囲を笑わせた。またあの百二十二歳まで生きた世界最高の長寿者だったフランスの女性、ジャンヌ・カルマンさんは、長寿の秘訣を「退屈しないこと、そしてよく笑うこと」と話している。このように笑いやユーモアがいらいらや心のコリをほぐす大きな役割をしている。元来、女性のほうが男性よりよく笑う。女性が数名集まるとさまざまな場所で笑いが絶えない、そんな光景をよく目にする。このようなことも平均寿命が男性より長い原因の一つにあるのではないかと思う。

次に前述の笑いとは真逆の「泣くこと」。涙を流すことで副交感神経（リラックス）が活発化し笑ったときと同様にストレスを解消する効果があるという。確かに映画好きの私は、時に感動する物語や悲しいストーリーを観て号泣した後はすっきりし、劇場を出るときはその日の嫌なこと悩み等が払拭されているという体験を何度かした。感動、怒り、喜びなど心が揺さぶられる涙は、目に異物が入りそのために出る涙とは異なる。たくさん泣いた後は、脳の血流が良くなり体全体の血の巡りが良くなるそうだ。そして、いろんなストレスも洗い流される。

人間にはストレス刺激から逃れたいと言う欲求がある。だからこそそれをやわらげるために時には笑いが与えられ、時には涙を流して泣けるように作られていると考える。しかし、ここでも男性は、小さいときからやすやすと涙を見せるな、涙を流すことは弱い男だと言われ、悲しくても感激してもぐっと我慢し、心の中にとどめ、泣かないのが男だと言われてきた。そのことがよりいっそう大きなストレスとなり、発散できずに、悶々とし、うつとか心の病を発症し、最後に自殺に至ることにもなる。ちなみに、日本の自殺者は年間、約三万人といわれ、自殺未遂を含めると何十倍、数十万人と言われる。そして何と男性のほうが女性よりも圧倒的に自殺者の数が多いと言うことだ。我慢も必要であるが、男性でも悲しいときはもっと泣いてストレスを早く解消すべきだと思う。

三つ目として、楽しいことに熱中することもストレス解消の手段の一つだと思う。趣味や楽しいことに没頭すると、その間、何もかも忘れてしまう。この「忘れる」ということが大切だ。それにより乱れていた神経や免疫力が正され、より強くなる。ただし注意すべきは、楽しいこと等に熱中するといってもやり過ぎは良くない。限度がある。その翌日に疲れが残らず、日常生活で熱中できる楽しいことを見つけて、何もかも忘れる時間をできる限り作ることで、ストレス解消ひいては心の免疫力が高まると考える。

最後に、まとまりのないことを述べてきたが、ストレスはむやみやたらに恐れるものではなく、私たちには多少必要なことも知った。ストレスには人間に活力やエネルギーを与えるプラスの側面もある。要するに増え過ぎに注意することだ。ストレスは増え過ぎなければ元気の源として体には必要なものである。安らぎの副交感神経を優位にする世界だけを重視するのではなく、ストレスがもたらすやる気を起こす、気迫やエネルギーも必要である。しかし強過ぎ増え過ぎると心や体の病に向かってしまう。

つまり、「無理せず、楽もせず」の緩急が免疫力を高め健康で長生きにつながる秘訣であると確信した。

心が強いとは？

心ほど得体の知れないものはない。その時々で移り変わるものである。よく心を強く持てというが、果たして心の強い人とはどんな人物なのか、考えてみたが私には一向に分からない。例えば信念の強い人イコール心の強い人と思いがちだが、世間で誰もが称賛する強い信念の持ち主と言われた人が突如死を選び、周囲を驚かすと言う事例が時々ある。中でも困難に打ち克ち目的達成のために人の何倍もの努力を重ね、邪念も捨て頂を目指し結果として素晴らしい実績を上げた各分野の人たち。彼らに共通することは、ゆるぎない強い信念の持ち主であることは否めない事実であろう。しかしそのような誰もが尊敬と憧れを抱く人物が違法の薬物に頼ったり、突然自殺をするなどの報道を目にすると、何と人間の心とは計り知れない得体の知れないものだとつくづく考えてしまう。私のような意志薄弱、何事にあっても楽することを優先し、信念という言葉とは程遠く、定まりのない日々、揺れる心のままに生きている人間にとって、常にぶれない、強い心の持ち主として尊敬していた憧れの人物の思いもしなかった挫折や死の選択を知らされると、いったい心のありかたについて何を模範、拠り所として生きていったら良いか分からなくなってしまう。

そしてふと考えてみると、私のような依頼心の強い人間にとって、今の世の中には信頼できる、はたまた相談、甘えることのできる相手がどれだけ存在するのか、はなはだ疑問である。某宗教学者が、日本人の心と題して次のようなことを述べている。「現在は甘えの人間関係における相手がなくなり、薄れてしまった。それも二〇〇〇年ころから急速にそうなった。その要因としてインターネットの発達、ITの技術の発展がそうさせたのではなかろうか」という趣旨の話だ、私もまったく同感である。インターネットの発達が生活向上につながり我々の日常生活の一部いや全部になってきた反面、真の心を通い合う相手、人間の存在がなくなってきた。甘えの人間関係がなくなった。会話の相手がインターネットになっていることに心の闇の広がりを感じずにはいられない。幸か不幸か私は機械オンチで、インターネットを使いこなす技術に乏しく、常に不自由と焦りを感じながら生活している。そしてよりいっそう安定した心を持続することの困難さを痛感している。故に機械ではなく人に多くのことを話したい。自分自身の悩み等を聴いてくれる人をこよなく求めてしまう。前にも述べたが私のような人一倍依頼心の強い、甘ったれの人間にとって、インターネットの発達した今の時代に甘える人（相手）はなかなかいない。ましてこの歳（七十代）になり肉親である父や母はすでに亡くなっており、兄弟もいない私などは真に相談、甘える対象の不在に大きな不安を抱えて過ごしている。そしてそのことがよりいっそう心の安定を欠き、いつも心の弱さを自覚しながら生きているというのが本音である。

先程述べた自殺する人物が全て心の弱い人間とは思わない。自殺する勇気のない人間もいるだろう。また死を選ぶ要因もさまざまであろう。死人に口なしで不可解である。だが、私の推測ではあるが、その中の一部の人は、常に他人から評価される秀でた人間を目指し、不屈の精神で生きてきた人ではなかろうか。しかし努力した結果としての評価が低かったり、自分自身のものさしでうまく事が運ばないと判断したりすると、死の選択に至ってしまうのではないだろうか。つまり人の目を人一倍気にする生き方をし、思い通りにいかないことに失望、終止符を打ってしまう。そう考えると、人間の持つ心の存在、本質とはどういうものなのかいっそう理解に苦しむ。我々がかつて親や目上の人から言われたのは「社会生活を営むには、互いに協調し合って生活すること、しかし個性は大切に」と今となっては矛盾とも思えるような言葉である。

改めて、多極多様な価値観を持った人間がこの世にいるから、社会というものが成り立っていると思う。皆同じ考え、同じ目的を持った集まりであったら優劣が如実に出てそれが評価の対象となる息苦しい不健全な社会となるだろう。

私は今の時代を生きていくには、秀でた人物よりも、他人から、何かあいつは面白いと言われる人、魅力ある人を目指し、もがきながらも生きている人物、そんな人が真の心の強い人間だと考えるが果たして皆さんの考えはいかがだろうか。

口こそ命

数年前から、歯磨きをするたびにしみるような痛さ、物を噛むときにも痛みを感じる。そんなことでしっかり噛むことなくすぐに飲み込んでしまう。故に胃腸の調子も良くない。ある雑誌に載っていたが明らかに老化の表れだろう。目と歯に顕著に表れるようだ。噛めないことの辛さを初めて味わい、改めて噛むことの大切さを知った。

噛むことの効用は計り知れない。まず食べ物を砕き胃腸での消化吸収を助ける、それに噛むことで人間のさまざまな器官が動き出すそうだ。また、噛むことで出てくる唾液の働きは素晴らしい、虫歯や歯周病の予防をはじめ、ひいてはガンの防止にもなるという。つまり、噛めなくなると老化が進む、とまあこんなことが某雑誌の健康コラムに載っていた。

私の口のなかで、もはや虫歯と歯周病が悪化していることは確かだ。元来病院そのものが怖い私にとって、中でも歯医者は最も怖いものの一つだ。かつて小学生のころ、虫歯治療で町の歯科医院に行った。そこでの治療のあまりの痛さにもう少しで診察台から落ちそうになった。さらに成人となり就職してまもないころ、緊張と疲労が重なり、奥歯を波打つような痛みが襲い、我慢も限界となり、夜遅く一人暮らしのアパートを飛び出し近くの歯科医院に駆け込んだ。時間外の診療ということで中年の医師がいかにも迷惑そうな苦虫を噛みつぶしたような顔で私の顔をにらみ、沈黙のままで、私を診療室へ手招きした。そして始まった治療は今でも、脳裏に焼き付いている。それはもはや痛さを通り越し半ば失神状態となる治療であった。医師は私の口の中を覗き込むや否や、

「こりゃ、悪いね、奥の二本はもうダメだ、抜くよ」と言うなり、ハンマーとペンチのような器具で私の顔全体を引き上げるような力で歯を抜き始めた。私の体は硬直し、痛さとの戦いに額はもとより全身から汗が噴き出した。そして何よりも鬼の形相をした医師の発する言葉がいっそう痛さと不安を募らせた。

「もっと早く来れば良かったのに、しょうがないな」また「たちの悪い歯だな、なかなか抜けないな、どうしたんだろう」などぶつぶつ言いながらの治療は、私を不安と恐怖のどん底に落とし入れた。悪戦苦闘を経て、ようやく抜かれた歯を見せられたときは安堵感よりも痛さから解放され、この場所から早く逃れたいという気持ちでいっぱいだった。痛み止めの薬をもらい、ふらつきながらアパートへ戻った。数十年前のことだがあの痛さは鮮明に覚えている。そして、あのとき麻酔はしなかったのか、しても効かなかったのかなど

何回も考えてしまうほど、嫌な思い出である。

いずれにしても、少年時代と二十代の二件の治療が私を確実に歯医者嫌いにしていた。

そんなことで今までも歯の痛むときはあったが痛さの消えるのを待ちながらの生活をリタイアした現在まで続けてきた。しかし、あの二十代のころと同じ痛みに耐えかねて意を決し、何十年ぶりの歯医者通いとなった。以前の体験から家から遠いが技術や設備の整った歯科大学病院を受診することにした。担当医は若く三十代と思われる医師であった。最も恐れていた痛さはさほど感じない治療でほっとした。しかし、次第に大学付属病院に対する不満がいくつか出てきた。まず予約等の関係で一ヵ月に一度の治療ということで終了までの期間が長いこと。定年後で時間の余裕がある私にとっては、もう少し早くしてほしいと思った。次に大学付属病院ということで最初に説明はあったが、治療の大半は実習生や見習い医師で担当医の診察は短時間ということが不安であった。

一年後に医師からインプラントが最適であろうと言う話があり、私もインプラントに関する本や情報を収集し勉強した。病院では別棟のインプラント科に行くよう指示され、そちらでの治療となった。インプラント科では新たに若い医師が担当医となった。これからは私に何でも相談してくださいと自信満々の様子の医師で、早速個室で面談となった。

しかし丁寧な説明はまったくなく「いまのところ、三本インプラントにする必要があるね、しかしインプラントは誰でもできるのではなくいろんな問題やリスクがあります」と、インプラントのメリットは何も話さず施術のリスクをいくつもあげる。すでにインプラントを望んでいる私の心は暗くなるばかりだった。さらに不信感を抱いたのは私と面談中での電話の応対。それも私的なことの内容で、高笑いしながらの話しぶりに憤りを覚えた。そこで私は「先生、私はインプラントはできないのでしょうか」と単刀直入、尋ねた。すると今まで自信過剰とも思えるような表情が一瞬こわばり「それは、これからCTを撮りあなたの歯や骨の状況を調べてからですよ」と言う。

一瞬、インプラントを勧めてくれた今までの医師との連絡等はなされているのか疑問を感じた。そして次に発した医師の言葉に信頼感、はたまたこの病院に対する信頼感がボキボキと崩れていった。それは次の言葉であった。

「まあ、いずれにしても、インプラントが可能かどうかは上司である先生が決めることですから」。続けて、「まずCT検査の予約をしましょう、来月はいっぱいなので、二ヵ月後ですね。そしてインプラントが可能となってもいつ手術できるか分からないですよ」

同じ病院で一年間も治療を続け、担当医がインプラントが適しているという判断をし、そして治療中にインプラント科の医師が来て私の歯と口内を診てインプラント実施に問題なしということであったはずなのに。インプラント科との連絡連携はまったく取れていないことに呆れ果てた。

帰りの電車の中で、この病院に再び来ることはないと判断した。私は元来決断するまではやや時間がかかるが、物事を決めると次へ進むのは非常に早い。せっかちな性格がそうさせるのだろう。一週間ほど前からインプラントに関する情報をインターネットで検索し実績豊富な医院等何か所かピックアップし、手帳にメモしてあった。その中から自宅からさほど遠くないA歯科医院を尋ねることにした。

夕方から夜になる時間だがまだ診察していた。こぢんまりとしたガラス張りの三階建てのビルで、中に入るとお揃いの服に身を包んだ職員がきびきびと動いており、清潔感漂う医院だ。インターネットを見て来たことを受付で告げると、即三階の部屋に案内された。しばらくすると、中年の女医がやってきて、過去の私の治療経過や内容を受容的、親身な態度で聴いてくれた。そして、肝心のインプラントについての治療方針等懇切丁寧に説明してくれた。そしてCTを撮ることになった。あの大学病院のCTを撮るのに一ヵ月以上も待つのに比べあまりの手際の良さに驚いた。その後、手術をする院長さんと別室で先程撮ったCTの画像を見ながら面談があった。院長さんは画像を凝視し、「手術は大丈夫ですよ。私に任せてください」と笑顔で話してくれた。その優しさと自信に満ちた言集に私は何とも言えぬ安心感を持った。そして手術日の設定等について先程の女医さんを交えて一時間ほどの説明があった。

医院を出るとき、すっかり外は暗かったが、私の気持ちは数時間前の大学病院を出たときに比べ、一抹の明るさが灯っていた。

そして後日手術が終了、幸い、現在は心置きなく噛むことができ満足している。振り返ってみるとインプラントまでの道のりはやや遠かったが、これまでの治療を通して、改めて歯の大切さはもとより口の健康と機能を認識できたことは大きな収穫であった。

まず口は食べる、飲む、話す、味わうなど人間の生きがいに深く関係する器官である。口の働きが落ちると食べる力が衰えるだけでなく、心身の健康を害し、そして老化が早まる。中でも噛むことの大切さ効用は計り知れないものだ。

余談だが昔の武将の顔は全て立派な顎を持っていた。つまりものをよく噛んだことにより顎の筋肉が発達していたのだ。戦う力、生き抜く力と顎の力（噛む力）に相関関係ありと某歯科医師が述べているのも納得できる。最も顕著な例として、あの徳川家康は、一口四十八回噛んだといわれている。現在残っている似顔絵等を見ても下顎の張った立派な顔である。強固な肉体の持ち主で健康に恵まれ、当時（平均寿命四十歳ぐらい）としては驚きの長命、七十五歳まで生きた。

改めて、噛むことの重要性、そして口の健康について考えさせられた。そして、「口こそ命だ」の感を強くした。

涙の効果

私は今から二十数年前に妻をガンで亡くした。当時私は働き盛りの四十代半ばだった。妻の体に悪性腫瘍が見つかり個室で医師から私に五年の寿命と告げられたときは一瞬頭が真っ白になった、まるで空中に自分の体が浮遊しているような感覚で何が起こったのかも分からない状態であった。妻は、平生から私より元気だった、いや丈夫そのもので風邪などひくこともまったくない女性であった。二人の子育てと教員という多忙な職業を愚痴一つなく常に前向きで明るく両立する頑張り屋だった。病が見つかり、今までの妻へのサポートの足りなさを私は深く後悔した。

妻には、ガンの告知はしなかった。入退院の生活がしばらく続いたが、後半の三年間は都心の病院での闘病生活だった。何とか奇跡が起こり妻の病が治ることを祈るばかりだった。

子どもを抱え先の見えない不安と苛立ちで心の折れそうな日々が続く。唯一そんな思いを多忙な勤務が忘れさせてくれた。そして休日は朝から妻のいる病院へ通うのが日課となった。

抗癌剤の治療で苦痛の状態が想像できたが私の前では弱音を吐くことなく、いつも笑顔を絶やさない様子を見るたびに、私は涙がこぼれそうになるのをぐっと我慢した。また子どもたちの安否を気遣う母親の気持ちが痛いほど私の胸を突き刺した。

一日の面会を終え、病院を後にするときの切なさと我が家に着くまでの道のりが最もつらい時間であった。またしても恐怖の入り混じった不安が襲ってくる。そんなとき、落ち込んでいる気持ちとその様子を、往来の笑い声が飛び交う人たちに見られたくないと思い逃げ込むように映画館へ入ることが時々あった。しかし笑いのある映画を観ても心から笑えなかった。そんな中で偶然出会った悲しい物語を見たときは共感し魂が揺さぶられ思わずハンカチを目に当て号泣している自分がいた。暗がりの中で周りの人たちも泣いている様子がぼんやりと見えた。そして、何と大泣きした後のすっきりした感じ、爽快感で劇場を出るころは、あの一時も頭から離れることのない不安、悩みがやわらぎ、普通の足取りで家路に就くことができた。それからはたびたび悲しみや心を揺さぶる物語を求めて映画を観るよう心がけた。そして、今振り返ると、逃げるように入った映画館で号泣したあの「感動の涙」が当時どれだけ私を救ってくれたかに気づいた。

話は変わるが、何年か後に、私の知人から次のような話を聞いた。

それは、知人の友人の話だ。家族の中に介護をしなくてはならない病人に加えて自分自身にふりかかった不慮の事故という困難な状況にもかかわらず、心折れることなく明るく前向きな生き方に感心し、ある日彼に「どうして、あなたは、そんなに強いのか」と聞いたそうだ。すると彼はいつもの口調で「そんなに強くはないよ、自分なんかより大変な環境の人たちがたくさんいるよ」と言った後、しばらく間を置き、「他人に話すほどのことではないが、実は、一つだけやっていることがある。悩んだりストレスがたまったりすると週末に決まったように夜一人部屋にこもり、必ず泣けるような定番のビデオやＤＶＤを見て思いっきり泣くんだ、するとすっきりし、不安やストレスが解消しているんだ」。

私はこの話を聞き、過去の自分が見た悲劇の映画の体験を鮮明に思い出した。

後日読んだ本の中に、悲しみや心が揺さぶられる中で流す涙には排尿や排便などの排せつ機能と同様な物質のコルチゾール（ストレスホルモン）を排出する役割があるとあった。

また別の書物で某医師は、号泣するのは週一回でＯＫ、涙の効果はストレス解消にあって長時間持続すると述べている。

私の体験からまさしくその通りだと思った。改めて涙の効果を認識した。

あいうえおの人生

私も古希を過ぎた。そしてふと現在の最大の願いは何かと考えてみた。お金が欲しい、いろんなところへ旅行したいなどさまざまな願いがあるが、究極のところ、いくつになっても元気で長生きしたいということになった。このことは何も私だけではなく多くのシニアの願いだと思う。

そこで私は人生を大きく四つに分けてみた。

第一期は親から養われている時期、いわゆる学生時代。

そして第二期は、社会人として活躍する時期。つまり職場で働く時代で、最も長い時期でもある。

次の第三期は現役をリタイアした後、定年後の時代。

そして最後の第四期が暗い表現だが死を待つ時代。

そんな中でも最も充実した時期は第三期であると考える。第二期の職場等で束縛されることから解放され、また子育てを卒業し、何かにつけても自由に行動できる。いわゆる黄金の時期（ゴールデンタイム）だ。この時期を元気で長生きし徹底的に人生を楽しむこと。そして最後の「死を待つ時代」を極端に短くすること、これが〝理想の人生〟ではないだろうか。しかし老化に伴いこの理想の人生を脅かすものとして、二つの大きな障害が考えられる。一つは、病気、特にガン、二つ目は、現在数百万人もいるという認知症。認知症になっている人はもちろん介護する家族の心労は大変なものだ。そこで私は過去の健康で長生きした人たちの生き方や現在もハツラツとした生活を送っているシニアの人の過ごし方等を参考にした、「あいうえお」の生き方を提案したいと思う。

「あ」……新しいことに挑戦しよう。

いくつになっても年齢には関係なく何か新しいことに挑戦したい。当然失敗はつきものだ。しかし、家族を養っているときの失敗はリスクが大きいが、リタイア後の失敗は落ち込むこともさほどなくやり直すこともできるのではないだろうか。

ここで私自身の体験を述べる。私は六十三歳で現役を退いた。うかつにも定年後の人生については何も考えていなかった。充実した現役が終了するやいなや、燃え尽き症候群のようにまったく何もやる気なし、加えて家庭上のもめごともあり、家にひきこもり、体調もすぐれず、悶々とする生活が続いた。そして心中こんなことをしていたらダメになる、何とかしなければと思い悩む毎日だった。そんな折ふと新聞の地方版に「シニア講師プラザ開催」という小さな記事を目にした。さほど期待もしなかったが、シニアという文字に惹かれて重い足を引きずり出かけた。百席余りのこぢんまりとしたホールは中高年の人たちで満席。そして何よりも驚いたのは舞台で演ずる私より年配の方の意気揚々と話す講演やマジック、また得意の歌や踊りの披露。それらを目の前にして、私の生きがいなく萎えた魂が揺さぶられ感動した。

そして「俺はいったい何をしているんだ、何とかこの人たちに近づきたい、自分もあの壇上で輝きたい」という思いが怒濤のごとく体内から湧き出てくるのを止めることができなかった。その後、話したい内容を考え二つの資格を取得。それぞれの研修団体に所属し、会員たちとの絆を深めながら、現在は各地域で講演活動を行っている。改めて年齢には関係なく新しいことに挑戦することの大切さを実感した。

「い」……今を生きる、今が大事。

京都の有名なお寺のお坊さん（貫主）が百歳を超え、目も耳も不自由になり、足腰も弱り車椅子の生活になった。そんな折、外から訪ねてきた人が「貫主さん、今まで百年過ごしてこられた中で、どの時代が最も楽しく充実していましたか？」という問いに、開口一番「そりゃあ、今が一番、最も楽しいよ」と答えた。その言葉に私は深い感銘を受けた。本来ならば誰もが目や耳、足が衰えた今より過去の元気で活躍していた時代を挙げるものと思っていたが、そうではなく「今が一番」という意外な言葉に驚きと感動が走ったのだ。

余談だが、念仏の「念」という字は今と心から成り立っている。人はよく、いつかきっと何々をしたいと言う。願望そのものは重要なことだがシニアやある年齢になったら、やりたいことは先に設定せずに今やる。楽しいことも「いま、ここ」を楽しむに限る。今を楽しまないでいつ楽しむことができるのだろうか。私は、人生には「いま」しかなく「いま」の連続が人生そのものであると考える。

「う」……運動しよう、体を動かそう。

人間、体が動くうちは生命は維持できる。中でも歩くこと。歩くという有酸素運動がシニアには最適だ。一週間に三回以上散歩（軽い運動）している人はしていない人に比べて生活習慣病、認知症になる率が少ないといわれている。できれば歩きながら歌を歌ったり俳句を作ったり、途中でスケッチなどをするとよりいっそう効果があるそうだ。元来足腰をよく使う人は長寿である。また、寝たきりも防ぐ。歴史上でも江戸時代の剣豪と言われた塚原卜伝、伊藤一刀斎、小幡勘兵衛など足腰の丈夫な人は当時の平均寿命の三十～四十歳をはるかにしのぎ九十近くまで長生きしたといわれている。また現代にあってもプロスキーヤー、バレリーナ、日本舞踊のお師匠さんなど日々足腰を使う職業の人たちはおしなべて長生きだ。世界の長寿村は坂道のある山岳地帯に多いことも納得できるところである。

「え」……笑顔になろう、笑いましょう。

笑う門には福来る。笑い上戸は長生き上手。といわれるように、笑うことで免疫力が高まり、NK細胞が活性化、ガン細胞を攻撃する。そして自律神経のバランスも整えてストレス解消につながり、心の免疫力を高めるなど副作用のない特効薬にもなる。かつて世界最高と言われ百二十二歳まで生きたフランス人の女性、ジャンヌ・カルマンさんは長寿の秘訣を「退屈しないこと、そしてよく笑うこと」と語っている。

笑うということでは、今人気絶頂の綾小路きみまろという漫談家がいる。彼のライブは常に満席、中高年の女性で溢れている。しかしその内容は毒舌《どくぜつ》そのものだ。会場の女性たちに向けて「昔は食べたくなるほど可愛かった、あれから四十年あのとき食べておけば良かった」「あの日に受けたプロポーズ……あの日に帰って断りたい」など毒舌を繰り広げるが、観客である女性は嫌な顔もせず会場は爆笑の渦だ。女性たちは笑い転げて日頃のストレスを解消し家路に就く。

また、あのきんさん、ぎんさんのユーモアも微笑ましい。きんさん、ぎんさんが百歳になって人気者となりテレビに頻繁に出演、ギャラがたくさん入ってきた。周囲の人がそれを見て、そんなにお金が入ってきて、いったい何に使うのですかと聞いたところ、きんさん、ぎんさんは、「なーにこれは私たちの老後のために貯金しとくんじゃ」と答えた。

ユーモアの中には次に話すように、ちょっとどきっとするブラックユーモアもある。

ある著名な大学教授には三人の息子がいた。長男と次男は自分によく似て成績優秀、性格も素直で温和、自慢の息子だった。しかし三男は勉強嫌い、問題行動をたびたび起こす、教授にとって悩みの種である。子どもたちが成人するにつれて教授は末の子（三男）は自分の子ではないのではないかという疑いをますます強くした。そこである日、意を決して妻に「本当のことを教えてほしい。あの子の本当の父親は誰なんだ、何を聞いても全て許すから」と思い切って聞いた。すると妻は、少し間を置いて「ではお話しします。実はあなたの本当の子どもはあの子（三男）だけです」。

「お」……思いやり、奉仕の気持ちを持つ生き方がより良い人生をつくる。

あのシュヴァイツアー博士は「真に幸せになれる人というのは、人に奉仕することを追求し、どうやって人に奉仕するかを見つけた人だ」と述べている。私自身を振り返ると、常に自分のことしか考えない、利己主義本位の生活であったような気がする。そんな私も含めて、私たちはとかく利己主義に陥りがちだ。正反対の利他主義、愛他主義である他者の利益や幸福を中心に考えることはなかなか難しいことだが、歴史上の偉人といわれる人や現在でも素晴らしい功績を上げ活躍している人が、人のために他者が幸せになることをひたすら願い仕事をしてきましたと異口同音に語る言葉に、奉仕の気持ちの強さが感じられる。さらに他人への奉仕や思いやりの行動が自分自身を救う、わが身に喜びとなって返ってくることの体験を述べている。

またこの思いやり（奉仕）の気持ちを持つことで心身のバランスが取れ、自然治癒力が増し、長年悩まされた辛い難病が治ったという実例も多く聞く。人に喜びを与え、奉仕精神のある人ほど病気になりにくく、なっても治りやすいといわれている。

おしなべて人のために役立つことをしている人は、常に健康的で活気に溢れている。お年寄りが長生きできるかどうかなども、この人に役立つことをしているかどうかが大きく関係していると思う。

いくつになっても元気で長生きする手段として、私はこの「あいうえお」の生活を心が